Bleu héron

RENCONTRE

———

Anthologie de nouvelles

Stéphane Paccaud - Christophe Charles Künzi
Goliathus - João Miguel Baile Dos Passarinhos

Collection « Ensemble » - N°1

Bleu héron éditions
16, cité Saint-Roch
81600 GAILLAC

Impression à la demande
Par MyBoD
Imprimé en France
Dépôt légal : premier trimestre 2021
ISBN 978-2-9573078-5-2

RENCONTRE

Anthologie de nouvelles

« La rencontre de deux personnalités est comme le contact entre deux substances chimiques ; s'il se produit une réaction, les deux en sont transformés. »

- Carl Gustav Jung
L'Homme à la découverte de son âme, Harcourt, 1987.

- Préface -

Par les temps qui courent, peut-être ne parvenez-vous pas à vous rappeler ce que cela fait de rencontrer quelqu'un. Que ce soit une rencontre amicale, amoureuse, ou une rencontre fugace qui ne vous marquera peut-être pas, toute rencontre laisse son empreinte, qu'elle soit consciente ou non.

Cette anthologie rassemble quatre nouvelles très différentes, et pourtant très similaires. Elles traitent toutes de ce même concept de rencontre, le malmènent un peu parfois, mais ont cela en commun qu'elles laissent toutes apparaître, de façon explicite ou non, cette marque, cette empreinte, parfois même cette blessure, que laisse le passage de l'autre dans la vie d'une personne.

Si vous ne vous êtes jamais senti changé par une entrevue, un rendez-vous, ou même une malheureuse collision avec un inconnu dans la rue, peut-être ne comprendrez-vous pas ce que cette anthologie cherche à refléter. Peut-être apprécieriez-vous ces œuvres pour leur tendresse, leur violence, le genre dans lequel elles s'inscrivent, ou encore simplement la prose de l'auteur. Ce qui est certain, c'est que ces nouvelles auront nourri votre imaginaire, fait partie de votre vie le temps d'une lecture, et vous laisseront à jamais changé. Voici un court extrait de ce que l'anthologie vous réserve :

C'est l'histoire de deux siamois, un persan et un maine coon (on dirait le début d'une mauvaise blague) qui rencontrent un oiseau (un héron, pour être plus précise) qu'ils aimeraient bien croquer. Le héron, qui souhaite par dessus tout sauver sa peau, leur dit :

— Racontez-moi une histoire et je vous apprendrais à voler !

Le maine coon fut le premier à répondre. Il misa sur une langue cortiquée doublée d'une histoire pleine de références. Le héron perdit des plumes à l'écouter, mais lui promit de remplir sa part du marché.

Le premier siamois, qui avait eu un peu plus de temps pour réfléchir, imagina un dialogue alambiqué qui fit perdre au héron le sens des réalités. Ne sachant plus dans quel sens voler, il demanda au chat d'attendre que les deux autres aient parlé.

Le persan, qui espérait que le héron ne serait pas trop sonné pour écouter son histoire, profita finalement de son esprit embrumé pour le plonger dans l'univers enfumé d'une soirée privilégiée.

Le héron (qui commençait à penser qu'il aurait mieux fait de la fermer) lui répondit :

— Bien que le héron fumé soit un fin met, vous devriez attendre d'avoir appris à voler. Attendez par deux fois, car l'autre siamois n'a pas encore parlé.

Ledit chat, qui avait pris le temps de peaufiner son histoire, se lança dans un duel spirituel aux débouchées incertaines. Le héron, satisfait d'avoir entendu les quatre bougres parler, leur chanta ce qui suit :

— Vous qui m'avez déplumé, étourdi, enfumé avant de me provoquer en duel, sachez que sous cette huppe se cache

un professionnel du jeu de dupes. Bien que vous ayez choisi de relever mon défi, vous avez négligé un détail : vous êtes des chats, et vous ne saurez jamais voler !

Courroucés, les siamois, le persan et le maine coon encerclèrent le héron, prêts à en découdre.

— Cependant, poursuivit-il en tendant fièrement son long cou, je puis vous assurer ceci : j'ai en mémoire chacun de vos mots et, pour me faire pardonner, je les répandrais à travers le monde. Ainsi, peut-être ne pourrez-vous toujours pas voler, mais vos histoires voyageront au moins tout autant que moi.

Et le héron replia son long cou pour s'élancer dans les airs, emportant avec lui la rencontre de quatre univers.

***

Vous avez donc eu la chance de découvrir la première histoire de l'anthologie. Médiocre ? Oui, c'est plutôt bien résumé. Pourtant, je suis certaine qu'elle vous a fait sourire. Et si elle n'a pas volonté de marquer, elle a bien volonté d'exprimer qu'un texte, à l'instar d'une rencontre, n'a nul besoin de vous submerger pour laisser sa marque, si infime soit-elle.

Je sais que cette histoire ne vous a pas convaincu, et qu'elle ne vous a pas plu outre mesure, mais vous devriez tout de même poursuivre votre lecture, car le vilain héron que vous venez de rencontrer vous a tout de même donné quelques indices sur ce que les prochaines pages vous réservent.

Très cher lecteur, vous vous attendiez à une préface profonde et difficile à lire, du genre que l'on ne lit pas car cela nous paraît usant, et bien ce n'est pas le cas. Continuons de bavarder un peu avant le début de la séance, car vous avez entre vos mains un ouvrage unique qui marque le début d'une longue aventure associative.

Il est non seulement un « top départ », mais également une sorte de manifeste. Il est la partie émergée de l'iceberg, celle que l'on ne voit pas forcément de suite, et qui pourtant crève les yeux. En somme, il symbolise beaucoup de choses.

En effet, il n'a pas de « Rencontre » que le nom. Les kilomètres de mots que vous vous apprêtez à découvrir symbolisent tous la rencontre de la pensée et de la langue, de la lettre et du papier, d'un écrivain et d'un lecteur, d'un éditeur et d'un imprimeur, et autant de rencontres physiques et métaphysiques que votre esprit joueur pourrait ajouter à cette liste (n'allez pas trop loin non plus, il y a des enfants dans la salle). C'est également la rencontre de quatre univers qui balancent entre lumière et obscurité, doutes et certitudes, qui mélangent rêve et réalité (ça y est, vous avez compris que vous n'alliez pas lire quatre nouvelles à l'eau de rose ?).

De plus, cette anthologie n'est pas née d'une collaboration entre quatre écrivains talentueux, non. Elle est née d'un appel à textes qui a compté plus d'une vingtaine de participants. Ces nouvelles (écrites par de talentueux écrivains, donc) ont été sélectionnées par un comité d'une quarantaine de lecteurs et il n'a pas été simple de faire un choix. De l'angoisse des sélections et de la sueur de la décision est née l'œuvre que vous tenez entre vos mains. Alors nous espérons toutes et tous que vous l'apprécierez et que vous en redemanderez.

- Joëlle Blanchet

I

Une rencontre aux antipodes
- Goliathus -

Kathleen pensa « Je me sens déliée, illimitée, mobile » et convint qu'il s'agissait là d'une agréable sensation. Elle avait les paupières closes, les lèvres jointes, l'âme éparpillée.

Bientôt lui vinrent les effluves puissants des gommiers, la chaleur du sol respirant, et sur l'humus maigre, le son de l'approche d'un insecte, d'un marsupial ou d'un émeu peut-être, ému par sa présence. Maint contemplatif, imaginant un lien entre bruit et corpulence, eut attendu qu'ils produisirent un bruit corrélatif à leur taille. Que nenni ! Kathleen s'amusait de ce qu'elle appelait la *pantomime des humbles*, cette propension qu'ont les créatures les plus insignifiantes à produire un raffut de tous les diables, quand le passage des géants de la nature demeure inaudible. Parmi ces géants, elle-même ?

Kathleen désira une rencontre avec l'oiseau trapu aux trois doigts, aux ailes atrophiées, au mâle couvant ; des retrouvailles. Son espèce était la dernière représentante sur Terre d'une famille éteinte. Elle en fut vaguement troublée. Une séquence impromptue de mots en « B » coula le plus naturellement de sa bouche : barbules, bréchet, Barrimal, Botany Bay.

Et aussitôt un sourire plissa sa bouche. Elle dit : « J'ignore où se trouvent mes frontières. Je suis de retour chez moi. »

La fenêtre de la chambre donnait sur un jardin fait pour les pluies. La plupart des essences avaient été apportées d'Angleterre par un ancien doyen de la faculté voisine. Parmi elles, les futaies de roses s'étaient remarquablement épanouies dans l'hémisphère austral, bien qu'elles n'en fussent pas endogènes. Une femme en chemise longue caressait leurs pétales un peu lâches, se penchant pour humer l'exhalaison de miel et d'amande née de sa caresse. Avec sa chevelure hirsute et ses pieds mangés par la végétation, elle figurait une Yūrei en matineuse. Une autre femme l'observait depuis la chambre. Le reflet de son visage regardait bien au-delà du monde visible.

— Un praticien surveille constamment nos pensionnaires au jardin, dit une voix assurée derrière Denise. « Votre mère aime se prom... »

— Ce n'est pas ma mère ! coupa Denise, sans se retourner.

Il y avait moins d'aigreur que de tristesse dans sa répartie sèche.

— Oh, fit la cheffe de clinique, je pensais... Puis-je vous demander quel est votre lien de parenté avec Mme Walker. Les visites ne sont autorisées qu'aux...

Denise effectua une rotation et fixa l'autorité du lieu avec intensité. La cheffe de clinique comprit sa méprise ; le visage réel était bien plus ressemblant que celui qui flottait à l'instant dans la profondeur de la vitre spéculaire.

— Je suis la docteure Stradbroke. Je ne crois pas que nous ayons été présentées, dit-elle en s'approchant de Denise.

— Stradbroke ! Quelle sublime ironie. Kathleen est entre de bonnes mains...

Elles échangèrent un regard espiègle, scellant une sorte de pacte entre femmes altières, souvent défaites par une rude existence, jamais vaincues.

— Ma mère, ou ce qu'il en reste, est née sur *Stradbroke Island*, il y a 71 ans, poursuivit Denise.

— Le dossier de Mme Walker est imprécis sur bien des aspects. Je... Quand vous en aurez l'occasion, j'aimerais que nous puissions le parcourir ensemble.

Denise reprit sa pause contre la fenêtre ; sa mère avait disparu de son champ de vision. Denise la trouva plus loin, près du tronc noueux du seul arbre du jardin natif du continent, un spectaculaire *Banksia integrifolia* dont la floraison finissait en jaune topaze.

La cheffe de clinique commenta :

— À ce stade, les lésions touchent la région de l'hippocampe où siège la mémoire.

Denise se représenta toute une géographie du cerveau avec une infinie variété de reliefs et de climats.

— Au fur et à mesure de la progression de la maladie, d'autres régions du cerveau peuvent être touchées, qui vont compliquer les actes de sa vie quotidienne et altérer de façon irrémédiable sa capacité à communiquer. Aujourd'hui, votre mère peut se mouvoir seule en ce jardin sécurisé, hantée par de brusques réminiscences de son passé, entourée de personnes qu'elle reconnaît rarement ; demain, elle pourrait être totalement détachée d'elle-même... »

La docteure ajouta :

— Je ne peux que vous inviter à profiter de ses brefs moments de lucidité. Allez contempler les roses avec elle, faites lui la lecture, faites...

Denise n'écoutait plus qu'avec intermittence ; elle s'était réfugiée dans son intimité. De là, elle observait avec distance le fantôme de sa mère cheminant dans son petit monde, ceint d'une clôture de verdure et de bronze. Dans un autre monde, invisible et impossible à cartographier, l'imagination maternelle gambadait. Denise était née du fantôme, à la confluence des deux mondes, plus d'un demi-siècle en arrière.

Elle pensa : « Comment peut-on se sentir à ce point étranger à sa propre mère ? » Ce faisant, elle se remémorait l'époque où pour ne pas cesser de l'aimer, elle s'était résolue à partir. Dans une translation bizarre, Denise glissa d'une pensée de sa mère à une pensée de nature voisine pour la docteure Elle se demanda si elle pouvait décider d'aimer cette longue femme altière, et pour l'aimer encore, si elle devrait un jour partir.

Une pluie fine commença à tomber, qui fit naître dans le jardin une célérité plaisante, closant un moment de connivence, indicible et tu.

Kathleen éprouva l'imminence de l'averse. Elle se rappela que la pluie est *une chose qui survient dans le passé*. Elle récita le vers impeccable à haute voix dans la langue du poète, puis le poème en entier, sans la moindre écorchure aux sublimes dizains. Alors, elle se souvint que la pluie minutieuse ramène un temps bienheureux, une fleur appelée rose (elle en sentait le parfum), une voix désirée. Elle écouta la voix ainsi restituée et la trouva loin, très loin dans son passé. Était-ce le passé d'une autre ? Kathleen réalisa qu'elle ignorait son âge. Par réflexe, elle présenta ses mains devant elle, paumes vers le sol, mais elle ne vit rien car elle avait les yeux fermés. Elle ouvrit les yeux et son monde s'écroula.

Un jeune homme en blanc qu'elle n'avait jamais vu hurlait des mots apoétiques ; il lui avait saisi le poignet et l'entraînait vers un bâtiment aux vitres immenses. Il pleuvait. Deux vieilles femmes les dépassèrent, aux sourires grimaçants ; Kathleen s'effraya : « Pourquoi suis-je parmi ces femmes laides ? ». Elle tonta do résistor mais ne trouva en elle aucune vigueur. Et tandis qu'elle s'approchait des vitres aveuglées, Kathleen perçut dans ce miroir opportun la vérité de son âge. Le choc d'une rencontre avec elle-même qu'elle redoutait, pour l'avoir déjà éprouvé – était-ce jadis ou hier ? – et qui, par une curieuse malédiction, ne cessait jamais de se répéter, comme si elle était captive d'une boucle temporelle.

Kathleen se retrouva ensuite assise dans un lit, ses jambes avalées par une couverture aux motifs ennuyeux. Elle avait été transportée de façon instantanée ; des transports le plus souvent circonscrits à des lieux communs : chambre, jardin, réfectoire, accompagnés de modifications des repères allant s'intensifiant au gré d'insaisissables perturbateurs ; là, c'était l'homme blanc qui était devenu femme noire jouant avec, oh, comment appelle-t-on cette chose entre des seins amples : palanquin ? palestre ? pampille ? Le sens des mots lui échappait tandis que les vocables eux-mêmes demeuraient auprès d'elle ; ils continuaient de vivre une vie affranchie de signifiance, ou lestée d'une définition trop réductrice.

La femme aux seins abondants et à l'amulette pendante empiétait sur l'espace de son lit ; assise sur le côté proche de la fenêtre, le pied ballant, elle semblait regarder à travers Kathleen.

« En voilà une qui mérite un mot en «P» », pensa Kathleen, « Une péronnelle ! » Elle éclata d'un rire frais. La pluie avait cessé. Le crépuscule généreux descendait sur le jardin, courrouçant les roses. Soudain, un émeu surgit, au plumage cendré ; Kathleen imita son cri ronflant pour l'attirer, mais l'oiseau s'éloigna avec sa coiffure grotesque sur le dos.

Sur la table de nuit, on avait disposé une lampe en opaline, des chatoiements, un livre à la couverture brunie. Dans le coin supérieur du livre : un titre en trois mots et lettres capitales. En bas : un flamboyant dont la floraison en novembre violace la ville de façon spectaculaire. Ô sublime jacaranda. Le nom de l'auteure habillait le flanc d'un relief rocheux d'où émergeaient deux profils en contrepoint, dessinés face à face mais décalés verticalement de sorte que tout dialogue eût été caduque ; un visage aveugle au trait blanc, au sexe vague, ancré dans le sol, l'autre aux traits lourds au crayon noir, apparu dans le ciel au dessus du territoire, avec l'œil illuminé des premiers humains.

Denise déposa sur la table le peigne qu'elle venait d'utiliser pour dénouer les cheveux de sa mère. Kathleen avait porté le nom de l'auteure, avant de s'en choisir un autre : celui d'un arbre à l'écorce de papier, *Oodgeroo*, adossé au nom de sa tribu, *Noonuccal*.

L'averse avait perlé sa chevelure de minuscules diamants. Vers le sommet du front, un début de calvitie formait un étrange relief, un léger enfoncement du rivage. Peut-être un paysage d'enfance ? Le soyeux des cheveux était proprement incroyable.

Denise n'avait pas hérité de ce caractère-là. Ni des autres d'ailleurs. Ses cheveux à elle avaient tôt été gris, clairsemés et rêches ; son nom était parfaitement inconnu ; sa langue dépourvue de poésie ; sa terre, ce n'était déjà plus l'Australie, c'était l'Angleterre ; elle était revenue ici pour prendre soin de sa mère, et sa mère n'était plus ici.

— Quel jour sommes-nous ? demanda Denise à haute voix.

L'expression de surprise de la docteure lui révéla d'emblée toute l'incongruité de sa question. Denise venait de connaître une nouvelle absence, une perte passagère de ses repères spatiaux ou temporels qui ne présageait en rien d'une apparition précoce de la maladie de sa mère. Chez Denise, il s'agissait seulement d'un défaut d'attention, une altération menue mais récurrente de sa vigilance, dont la fréquence avait augmenté depuis son retour en Australie. La moindre perturbation la distrayait, son esprit prenait la poudre d'escampette, s'échappant parfois très loin vers des contrées oniriques que la poésie de sa mère aurait sans doute joliment racontées, mais pour lesquelles Denise ne trouvait rien à dire. Elle appréciait simplement la respiration que ces épisodes lui accordaient, qui lui faisait oublier un temps bref le tragique et l'ironique de sa situation. Jamais auparavant Denise n'avait été aussi proche de sa mère ; elle venait de passer ces derniers jours à son chevet, tandis que sa mère n'avait pratiquement aucune conscience de sa présence.

À peine s'apercevait-elle d'une absence que Denise recomposait aussitôt le moment présent, avec parfois un bref temps de latence qui lui faisait douter de la date du jour ou de sa localisation. La mémoire de Denise était intacte, encombrée de souvenirs aux angles acerbes que les années avaient insuffisamment polis à son goût.

— Pardon, fit-elle à son accompagnatrice, j'ai un peu la tête en l'air ces derniers temps.

— C'est bien naturel, lui fit la docteure avant d'ajouter de but en blanc : le marron de vos pupilles devient ocre quand vos yeux s'évadent. La même nuance à la fois terreuse et lumineuse que celle de votre mère, la couleur de l'Australie.

Denise se contenta de sourire à ce compliment inattendu qui la touchait. La docteure la ramenait toujours à sa mère, avec tact, avec pudeur. En cela, elle dessinait une sorte de triangle relationnel entre elles, la patiente, la soignante et la parente, qui évitait qu'un lien déjà fragilisé par le passé ne casse ou ne se distende. La terre australe représentait leur socle commun. Denise devinait qu'il ne s'agissait pas seulement d'un zèle professionnel, d'une extension délicate du domaine de compétences de la cheffe de clinique, mais d'une volonté d'entrer dans une intimité filiale qui lui avait sans doute été refusée, en œuvrant à sa reconstruction. Denise n'opposait aucune résistance, elle se laissait faire, encourageant ainsi la docteure dans sa démarche.

La célérité avec laquelle les événements s'étaient enchaînés la surprenait, autant que la direction ostensiblement favorable vers laquelle ils s'orientaient.

« Se pourrait-il que la chance me sourie enfin ? » pensa-t-elle.

Denise revisita mentalement leur déroulé, révélant les liens de cause à effet qui présidaient à leur succession logique : d'abord une étincelle éprouvée par une sensibilité à fleur de peau, puis le dialogue utile entre une thérapeute et la tutrice officielle de sa patiente afin de préciser un diagnostic, de démêler quelque imbroglio administratif, d'envisager la poursuite des soins et aussi le pire, le tout ponctué de frôlements de regards, de brefs instants d'embarras, délicieusement équivoques, avant qu'une invitation franche soit lancée par la docteure à prendre un verre dans un des nouveaux quartiers de Melbourne que Denise ne connaissait pas pour avoir quitté la ville il y a longtemps ; un verre pourrait lui faire du bien, après tout, ce n'était pas rien d'être la fille d'un *monument de la littérature* ; enfin l'acceptation spontanée de Denise, sans réfléchir – la docteure incontestablement la séduisait par son charme direct – et le rendez-vous le soir suivant dans la pénombre d'un bar branché de Flanders Lane, l'espérance d'hier devenue le désir d'aujourd'hui, un moment si intense que Denise avait cherché aussitôt à le fuir ; elle s'était échappée, son esprit vagabondait, elle avait perdu le fil de la conversation, s'en était rendu compte puis était revenue pleine d'espoir s'échouer au rivage du réel où la docteure l'attendait, la complimentait, la désirait aussi.

— Je m'appelle Hannah ! dit-elle à Denise de sa voix de mezzo, un nom qui signifie « faveur » ou « grâce » et se lit invariablement dans les deux sens.

Denise sourit ; elle savoura la symbolique de ce palindrome qui semblait annoncer que la chance, sous les traits d'une australienne aux cheveux courts et au timbre profond, était effectivement en train de lui sourire.

Les deux femmes aimaient se retrouver dans un café proche de la clinique. Bien qu'elles aient passé les deux nuits précédentes ensemble, dans un hôtel bohème du quartier Fitzroy où Hannah possédait un appartement cossu, elles s'étaient séparées à l'aube. Denise était repassée à son hôtel se changer, rectifier son maquillage discret, puis elle avait retrouvé son amie pour partager un thé ambré et profiter d'une moment d'intimité prolongé avant d'arriver séparément à la clinique.

Personne n'aurait rien trouvé à redire à leur idylle naissante. Le règlement de la clinique était muet à ce sujet. Pourtant, lorsqu'elles se retrouvaient au sein de l'établissement, Denise et Hannah aimaient conserver une distanciation sociale, car celle-ci colorait d'une teinte juvénile leur liaison de femmes mûres, ayant dépassé la cinquantaine et dont l'adolescence demeurait pour chacune d'elles, bien que pour des raisons sensiblement différentes, un souvenir un peu sombre.

Tandis que Denise se remémorait précisément le jour où elle avait modifié son genre, et l'ensemble des cycles de sa métamorphose qui l'y avait conduite, la mémoire d'Hannah restait absolument vide, vierge de tous souvenirs, avant sa réinvention.

Les jours, les mois, les années précédant l'accident étaient inaccessibles ; la vie d'Hannah avait commencé à 17 ans. Son enfance et son adolescence constituaient une somme de récits et de photographies qui ne différaient pas des œuvres de fictions. Son nom et son visage y apparaissaient *dans des scènes auxquelles elle appartenait mais qu'elle avait maintenant désertées.* D'après ce qu'elle avait pu lire et entendre, ce passé n'avait pas été des plus tendres parmi les fermiers rudes de l'Outback.

Sans doute fallait-il voir une sorte de grâce, une faveur accordée, comme son prénom le suggère, dans l'épisode violent qui l'avait rendue complètement amnésique. Son père biologique était en prison ; sa mère morte sous ses coups répétés. Mieux valait ne pas savoir ce qu'il avait pu faire subir à sa fille unique.

Hannah avait choisi tôt la compagnie exclusive des femmes. Sa longue convalescence dans une institution caritative avait déterminé sa vocation de soignante ; des études supérieures rares pour les filles de sa condition. Hannah avait vite réappris les enseignements de l'école ; dans la ville la plus vibrante d'Australie, elle s'était émancipée à la manière d'un virevoltant, cette plante sauvage du désert dont la racine casse un jour et qui commence à rouler loin, très loin, au gré du vent.

Aujourd'hui, Hannah cumulait des fonctions d'enseignement et de recherche ; sa spécialité touchait l'ensemble des troubles de la mémoire, de l'oubli bénin aux pathologies neurodégénératives. Elle venait de rejoindre l'une des cliniques les plus réputées de la ville, au cœur d'une aire résidentielle, d'où l'on apercevait *au loin les palmes sombres de palétuviers, et au-dessus du paysage urbain, les miroitements de la baie de Port Philip reflétés sur le ciel immense.*

C'était ici, dans la clinique opulente au jardin anglais qu'avait eu lieu la rencontre. La vieille femme, née Kath Walker, y résidait, avec sa mémoire oublieuse et quelques-uns des volumes de sa poésie. Sa fille était venue lui rendre visite par obligation ou afin de clore un chapitre que sa mère n'a jamais conté dans aucun de ses livres.

Denise ouvrit le recueil au hasard et commença à lire le poème de la page 13, à l'attention de sa mère absente. Elle lut : « *My son, your troubled eyes search mine* » et s'arrêta. Une averse sémantique troubla sa vision. Aucune larme ! À l'instar du territoire autour d'elle, Denise cultivait son aridité.

Kath Walker, l'immense poétesse australienne, fixait le décolleté de sa fille et le pendentif en bois entre ses seins, une amulette aborigène que Denise avait achetée à une vendeuse à la sauvette, comme ça, sur un coup de tête, parce que la vendeuse était jolie.

Denise savait qu'il était inutile d'attendre que sa mère la reconnaisse. Kath Walker avait oublié qu'elle avait eu un enfant, un fils unique. Elle avait oublié que ce fils était devenu femme. Denise n'avait jamais eu l'*occasion* de lui conter cette histoire ; tant d'occasions avaient été manquées ; tant de mots avaient perdu leur sens.

Denise se souvint des premiers mots de Hannah et vit que le moment était opportun. Elle mêla sa parole, maladroite et candide, à la prose exigeante de sa mère. Le flot qui se déversa de sa bouche et de son âme la surprit ; après toutes ces années de silence entre elles, Denise était certaine que sa parole avait dû se tarir. C'était méconnaître la force germinale des mots. Oh, si elle avait pu cheminer aux côtés de sa mère à travers son territoire sémantique, elle aurait vu mille fois refleurir le désert lexical !

Denise s'adressait à une mère à la mémoire fragmentée, à la conscience dégradée. Elle savait bien qu'elle ne serait probablement pas entendue, ni comprise ; elle racontait son histoire pour elle-même. Après tout, les conteurs ne parlent-ils jamais qu'à eux-mêmes ?

Dans l'échancrure de la porte, tel un arc-boutant, Hannah écoutait attentivement le récit de sa nouvelle amie. Elle vint s'asseoir derrière elle en amazone, saisit le livre de Denise sans lui enlever des mains et entreprit de poursuivre sa lecture ; elle exécuta une série de mouvements d'une violence et d'une sincérité extrêmes, à la façon des gens d'ici, pétris de brutalité et de vérité aiguës. Denise choisit de se laisser envelopper, envahir, ceindre, bien que le corps de la femme fût beaucoup plus fin que le sien. Et encore enjôler, incorporer, vêtir ; un jeu rassemblant deux femmes en état de grâce commençait à dérouler sa règle de conquête et d'abandon, de désir et de résistance, au cœur de l'immensité australe.

Vers la fin du poème, leurs deux voix se mêlèrent ; elles récitèrent les quatre derniers vers. Une observatrice impassible, pour peu qu'on l'eût imaginée à l'extérieur des deux femmes fusionnées, capable de voir au-dedans d'elles (La vieille poétesse *immémorieuse* ? Une gralline à gorge blanche perchée sur le chèvrefeuille ?) aurait trouvé une correspondance entre les vers et leur coalescence : « *When lives of black and white entwine.* »

Longtemps après que le poème eut été lu, il demeurait parmi l'odeur clinique de la chambre le captieux regard d'une femme dépossédée de sa mémoire, un regard sur un fils devenu femme enlacée, la noire par la blanche, puis l'inverse, toutes deux également émues car se sachant exactement à leur place.

La pénombre avait chassé le passereau familier des zones urbaines, elle avait ramené une pluie fine sur les rosiers et confiné les pensionnaires dans les chambres. Les visiteurs étaient désormais priés de quitter leur proche.

C'était le dernier jour de la visite de Denise ; des obligations exigeaient son retour à Londres. Sa mère ne s'apercevrait pas de son absence.

Hannah et Denise se levèrent. Depuis le pas de la porte, à la frontière entre leurs deux mondes, Denise dit simplement à sa mère : « Nous partons »

Dans ce « nous », il y avait, pêle-mêle, la rencontre de deux femmes aux antipodes sur le territoire fragmenté d'une poétesse, la complexité d'une relation triangulaire, où la mère, la patiente isocèle, figurait le sommet des deux côtés égaux qui crée le dernier côté, le plus court, la base ; il y avait aussi la préciosité des derniers instants ensemble avant le retour à Londres de Denise, la sérénité mutique d'Hannah et déjà la promesse d'un retour.

Une nouvelle fois, il fallait partir, quitter pour mieux aimer, s'affranchir pour consolider ses attaches.

Hannah la raccompagna à l'entrée de la clinique. Une file de taxis stationnait sous le feuillage mauve des jacarandas ; il aurait été difficile de symboliser de façon plus fleurie l'opposition criante entre la saison d'ici et celle que Denise retrouverait à destination, à plus de seize mille kilomètres de Melbourne.

— Un hémisphère nous sépare, murmura Denise.

Le silence d'Hannah accompagna l'émotion qui venait de briser la voix de l'Anglaise ; un baiser sur la paupière scella leur séparation, un geste lent auquel participait tout le grand corps d'Hannah.

Au-dessus des deux femmes, perché sur un fil électrique, un monarchidé bicolore observait la scène. Sa tête dodelinait gaiement. Son imagination d'oiseau s'étonnait peut-être de cet accouplement insolite, de mandibule à œil, entre un long phasme pâle et une scarabée ventrue aux élytres noirs. L'oiseau s'envola.

Un peu plus loin, un émeu picorait graines et graviers d'un jardin onirique. Il s'approcha d'une vieille femme aux cheveux défaits qui hantait le jardin et lui conta la rencontre dont la gralline venait d'être témoin.

La poétesse oublieuse décida qu'elle en écrirait un poème.

II

Les voyages de Tantale
- Stéphane Paccaud -

Me voici, enfin, face à celui que je suis venu tuer. La rencontre peut se dérouler... sous un soleil gris, un ciel marbré. Sur cette place grouillante de monde, au cœur de la ville, à la vue de tous. La meilleure façon de dissimuler un objet, dit-on, reste de l'exposer sur un piédestal. Personne n'osera imaginer que le trésor tant convoité est en évidence, sous notre nez.

Ma cible a, semble-t-il, pris l'adage au pied de la lettre. Il est la quintessence de l'exposition publique. Jugez plutôt : vêtu d'un pagne, de sandales aux lanières montantes et d'une sorte de gilet de cuir ; chaque parcelle de peau grimée d'un fard blanc et gras ; les cheveux ceints dans un filet pâle maintenu par une sorte de couronne de lauriers ; prenant une pose inspirée sur un piédestal constitué d'un tabouret dissimulé derrière un cylindre de carton-pâte qui singe vaguement une colonne d'albâtre. Ridicule, mais tellement efficace.

Je l'ai déjà évoqué – et, peut-être ai-je tendance à me répéter – le temps est maussade et une sorte de brume urbaine est apposée au ciel comme une particule translucide qu'il suffirait de gratter pour découvrir l'azur éclatant. Les passants passent, les badauds badinent et des colonnes de personnes évacuent les quatre bouches de métro qui sont dispersées sur cette place en effervescence. Que font tous ces gens ? N'ont-ils pas de travail ? On est mardi, l'horloge digitale située au-dessus du parvis du magasin de chaussures émet un morne « 9 h 34 »... Pourtant, la rue est comble. Même en hauteur, sur les deux ponts qui me surplombent, des jeunes s'alpaguent, des personnes en costume de ville se pressent et des flâneurs errent sans objectif clair. Quant à mon homme, il reste immobile. Un homme-statue... Un « artiste de rue ».

Cela fait plusieurs minutes qu'il tient la pose. Mon regard balaie innocemment la place, mais, du coin de l'œil, je reste focalisé sur ma cible. Il ne peut m'échapper. Pas dans cet accoutrement. Sa solution n'était pas la bonne. Il est piégé.

Imaginez plutôt. Si on envisage la situation d'un point de vue aérien, la Place Centrale est située à la confluence de deux grands ponts. Le premier, massif, composé d'imposantes arcades murées, supporte une route où le trafic automobile entre en compétition avec le flux de piétons usagers de l'unique trottoir. C'est au pied de cet édifice – trente mètres en contrebas – que notre homme joue la comédie sur son piédestal. Le second pont, plus moderne, ne peut être emprunté par des véhicules. Il s'agit plus d'une passerelle qui relie le sommet d'un bâtiment commercial à un carrefour. Savant tissage de ferraille au design inepte, cette construction moderne domine d'une dizaine de mètres son aïeul de pierre.

Voilà la Place Centrale. Une enclave, une fosse lardée des ombres que font naître les hauts éléments architecturaux qui la dominent. Et, au fond, des flux qui varient en fonction des horaires de métro ou de l'heure de la journée. Les urbanistes ont trouvé les mots justes en parlant des « artères de la ville ».

La statue grecque, comme encouragée par les arcades qui l'encadrent, se met à bouger. Mouvements mécaniques. Saccades. Puis, nouvelle pose... Son regard de pierre dans le mien. La proie, se sachant condamnée, fixe le chasseur dans une ultime insolence désespérée. Quittons ce monde avec panache.

Je soutiens ses yeux d'albâtre et relève le défi. La statue contre l'assassin, le minéral contre l'animal. La rencontre improbable, mais fatale. Trente secondes passent... une éternité. C'est très long, trente secondes, lorsqu'il s'agit d'affronter un regard. Nous nous toisons. Un lien se crée. Soudain le fil imaginaire ondoie et se brise. Sans s'en rendre compte, un jeune homme pressé vient de passer au travers de notre ligne de vue.

Ils passent, les passants, lentement devant moi. Minutes, images et détails se précisent à l'infini du désir caressé, des galbes de leurs vies complexes et tellement passionnantes. Paresseux kaléidoscope d'approches, je les plonge dans mon ciel intérieur avec des va-et-vient tactiles. Elle est belle ! Silhouette dansante agitée comme une houle. Vent de février tout proche. Mais je suis sur une plage tempérée aux chaudes ondes mousseuses et salées comme des larmes et des sourires.

Je tente de me reconnecter à ses yeux, mais sans succès. L'homme statue me perçoit, mais ne me voit pas. Là est son secret : il est absent ! Il s'éclipse dans un monde intérieur. Une fuite ? Non, beaucoup plus subtil que ça : une retraite stratégique. La victoire la plus significative apparaît quand le combat n'a même pas été mené. Je ne peux vaincre cet homme en l'attaquant de front. Il me faut comprendre son monde et le piéger à son propre jeu. Pour cela, je dois raccrocher son regard.

Alors que la bouche de métro régurgite la foule, je suis à nouveau coupé dans ma tentative. Tension magnétique. Je me concentre sur le duel, mais suis attiré par un élément de mon environnement. Des têtes pivotent.

Elle est belle cette sirène. Tentatrice. Celle par qui le malheur arrive. Celle qui peut dévorer un marin au faîte de sa vie et glousser sur ses restes pour en alpaguer un autre. Je vois... Je vois la mer à perte de vue. Une eau à la couleur lie de vin. Et cette mélopée qui m'appelle et m'ordonne de bouger, de plonger, de nager vers l'île. Loin. Ici un récif de granit découpé par le soleil ; là, une falaise où verdoie la cime des arbres émeraude... Promesse de fruits juteux aux goûts âpres et sucrés.

Intéressant. Une femme marche en frôlant ces agrégats humains, attirant ce que l'on appelle couramment l'homme, le mâle. On la sent, cette pulsion qui la fait vibrer. Quelque part entre la physique et les mots désignant des états invisibles et inavouables. On la sent, cette volonté des agrégats de la toucher, de lui arracher son écharpe de soie, de se repaître dans son cou, de palper des paumes ses seins qui saillent sous ce chemisier d'hiver.

Un regard fugitif de notre homme-statue ? Rien. Peut-être ai-je manqué l'instant moi-même distrait par la créature.

Elle est belle disais-je, mais je ne peux la suivre... Pas même du regard. Feindre d'être en parcourant les méandres dessinés par les corps de la foule semble un exploit et pourtant, elle peut le faire sans gageure. Appel progressif qui précise ses courbes et ses doigts fins. Mystères que sont ses chevilles moulées dans ces bas fermes. J'aurais vraiment dû bloquer mon regard plus bas. Entraperçu un échantillon de peau sous l'écharpe. Un grain subtil. Un fruit inaccessible. Jeté dans ce Tartare urbain, je ne peux que désirer l'inaccessible. Je suis cette statue, cette allégorie, cette créature sculptée par Pygmalion, ce soldat pétrifié par Méduse. Je suis dans mon rôle. Je suis comédien. Je suis un artiste. Je...

Je l'ai vu ! Il a cillé ! C'était imperceptible, mais il a été ramené un très court instant. La femme à l'écharpe l'a ébranlé. La voilà la solution ! Pénétrer son monde et le déstabiliser pour l'en faire sortir.

Le monde est une scène. La civilisation me frôle. Au cœur de l'arène me sied mon rôle. Au centre des avenues, où mon image est à vendre, l'instant est venu de nulle part se rendre...

Cheveux courts, sombres, mettant en exergue un cou parfait, une jeune femme vient dans la direction du conflit. Démarche agile, bottes montantes, jambes interminables, jupe légère, un peu courte... Elle entrera dans le champ de vision de la statue dans – 3 – changement de vitesse – 2 – Elle ignore clairement le comédien – 1 – elle y est maintenant...

– Excusez-moi.

Rivages persiques aux bruines salées. Déserts luxuriants, forêts arides. Un fleuve, des deltas et des villes. Les hommes fourmillent derrière les hauts remparts et les statues de dieux oubliés – comme autant de contreforts – toisent de leur hauteur le négoce des épices qui se déroule à quelques mètres en-dessous. Les odeurs et les couleurs se mélangent : curry bleu, cannelle orange et cumin pourpre. La ville vit.

Se découpe, au cœur de ce magma de chair et de vêtements, une créature particulière. Comme isolée de la masse. Elle se retourne soudain laissant apparaître une nuque galbée et tentante... Cheveux noirs de jais, on comprend aisément pourquoi les empires se déchirent. Si tentant de tout oublier pour celle qui n'en finit pas de tourner, d'exhiber ce cou nu, cette naissance des épaules... La plus belle des mortelles. Celle pour qui Troie a chuté. Celle qui mit Hector à genoux et qui foula Achille du talon. Je le sais désormais : Hélène a les cheveux courts.

N'en revenant pas de ce que je lui ai asséné, la jeune femme s'éloigne d'un pas véloce par l'extrémité gauche de mon champ de vision. Atteignant des sommets de goujaterie, je n'ai pas quitté l'homme-statue du regard durant toute la courte conversation.

Il est fort, très fort. Je sais bien que j'ai fissuré son monde intérieur, mais cela n'a pas suffi, semble-t-il.

La foule commence à s'étioler sur la Place Centrale et, déjà, un vendeur de kebabs a ouvert son échoppe. Peu à peu, des effluves épaisses, grasses et épicées me parviennent alors que les lourds rouleaux de viande commencent à griller lentement sous la chaleur incandescente des immenses broches rotatives. Là encore, notre éphèbe – toujours couronné de lauriers – semble transporté dans les dédales des palais athéniens.

Des colonnades et des couloirs. Un labyrinthe de salles blanches bondées d'invités colorés. Un courant d'air. Aussi rapidement que se dissémine l'odeur, je me déplace et arrive dans la pièce centrale. Là, les convives y sont plus imposants, plus solaires, plus divins. Le festin des dieux. Je suis chez moi. Je suis celui chez qui les divinités se régalent. Je suis Tantale... et je leur ai servi un plat singulier.

Et les mâchoires se ferment sur les morceaux de viande ruisselants de graisse. Et les os craquent. Et les épices sont emportées dans des torrents de jus. Et, en chœur, les langues lapent les sauces multiples, les vins adipeux, le sang sucré et le miel diaphane. Ils se délectent, les dieux. Chez moi, ils se délectent d'un plat unique en son genre. La chair de ma chair.

Où est-il ? Que voit-il ? Que vit-il ? Les réponses à ces questions sont tellement inaccessibles que, par une mesquinerie revancharde, je me prends à imaginer les affres professionnelles du comédien. Un diplôme d'art dramatique, des stages de théâtre multiples, une formation sur l'approche corporelle non-verbale avec spécialisation orientée méthode Stanislavski doublée de l'appréhension minimale de la notion de distanciation brechtienne. Tout ça pour quoi ? Pour finir vendeur occasionnel dans des salons ménagers... Pour convaincre des pauvres bougres de se procurer des objets dont ils n'ont pas besoin... Pour brader un talent et des compétences artistiques au service du commerce et de la consommation... Et maintenant, quoi ? Tu arrondis tes fins de mois en te mettant à poil dans la rue ? La saison des salons et de la grande arnaque est révolue ? Plus de travail ? La vague rente d'intermittent du spectacle ne paie plus les clopes ? Tu sombres dans la mendicité ? Artiste de rue, tu parles ! Où es-tu ? Que vois-tu ? Que vis-tu ? Tout ce chemin pour t'immobiliser sous cette arcade. Une vie à courir, à bouger, pour s'arrêter ici...

Mes sourdes pensées sont sans effet sur ce voyageur mental. Il n'est pas sur cette place, mais dans un lieu connu de lui seul aux confins de ses mondes intérieurs. Impénétrable. De tout son corps émane une aura de satisfaction. Où est-il ? Que voit-il ? Que vit-il ? Quelle félicité ! L'attention de tous les dieux est focalisée sur sa personne. Toujours figé, il sourit intérieurement. Puis, imperceptiblement, une ombre semble s'emparer intérieurement de lui. Une fêlure dans son univers ? Un souvenir douloureux ? Une incohérence dans l'histoire qu'il vit ?

Soudain, un bruit. Sordide. Pour vous en rendre compte, imaginez une toile de tente remplie d'eau terreuse qui s'éventre. Ajoutez-y le craquement d'une dizaine de branches de diverses tailles et de divers niveaux de sécheresse. Enfin, saupoudrez le tout d'un silence stupéfait.

Zeus est en colère. Il explose. Il n'a pas apprécié mon repas, la chair de ma chair. Son poing puissant s'abat sur l'épaisse table où les invités sont entrés dans une stupeur terrifiée. Le bois se fend dans un craquement sinistre et liquide. La table vole en éclat comme le monde qui m'entoure.

Le bruit me fait me retourner. Au silence général a succédé un commun souffle rauque. Dans un ballet complexe, tous les passants de la Place Centrale commencent à converger vers la zone de l'impact. Car c'est bien l'impact d'un corps sur le bitume qui a produit ce bruit.

Au pied de la passerelle, quarante mètres plus haut, gît un tas de chair et d'habits. Une bouillie foncée ornée de quelques saillances plus claires.

Murmures. Un coup d'œil me permet d'imaginer la chute, mais également d'apercevoir des gens qui se pressent contre la rambarde de la passerelle en métal. Tous les regards convergent vers le cadavre.

Longtemps 'imaginais le sang des suicidés ruisselant en de fluides rivières rouge vif. Maintenant, je sais comment le liquide vital est foncé.

Le Styx vaseux et sombre file sous la barque qui m'entraîne vers les horizons infinis. C'est beau. De tous mes voyages, je n'avais jamais rien vu d'aussi beau. Au loin, une plaine pâle truffée de collines aux herbes blanches. Et ces gens. Tous ces amis qui m'attendent, qui me crient des mots de bienvenue...

La rumeur enfle. Les murmures se muent en cris. Appelez une ambulance ! Il faut mettre quelque chose dessus. Cachez les yeux des enfants ! Un drap ? Un drap ! Il est tombé ? C'est terrible ! C'est à cause du pont, il est mal conçu. Mais non ! C'est un suicide. Il s'est suicidé ! Ça ne change rien au fait que le pont est mal conçu. Cachez ce corps ! Regardez, c'est affreux ! Une ambulance, vite !

L'homme-statue... Il va en profiter pour m'échapper. Je me retourne, prêt à scruter les deux angles par lesquels le comédien en pagne serait susceptible de s'enfuir. Pas de tache pâle... Pas de traces blanches et grasses sur le sol... Pas de feuille de laurier perdue sous les assauts d'un courant d'air... La statue n'a pas bougé. Immobile, dans son monde. Alors que l'univers s'écroule, que les âmes hurlent et que les vivants tombent du ciel ; lui, reste pétrifié.

Et me voilà qui m'approche de ma proie. Mes yeux dans les siens. Nos visages à quelques centimètres l'un de l'autre. De l'extérieur, on pourrait croire à l'un de ces instants magiques qui précèdent le baiser. Ici, l'amour, là-bas, la mort.

Eros et Tanatos.

Mais, de l'extérieur, personne n'a cure de notre histoire. Toutes les attentions sont rivées sur le cadavre qui se répand peu à peu sur le bitume. Toutes les voix sont concentrées en une dissonance bruyante, inepte et inutile. Au cœur du tumulte, je m'entends crier.

— Où es-tu ? Que vois-tu ? Que vis-tu ?

Les hurlements se dispersent. Plus loin, un chien fâché d'avoir été tiré par la laisse après avoir goûté au fruit défendu se met à aboyer.

Cerbère est déjà là... je n'en perçois plus que quelques jappements. *Face à moi la sombre plaine au palais d'opale. Puis, tout se déforme et file au loin. L'horizon se fond dans l'œil droit d'un immense visage. Sévère, austère, grave, sa bouche laisse passer des mots que je ne comprends pas. Hadès a englouti les plaines des champs Élysées pour me recracher sa litanie :*
– Où es-tu ? Que vois-tu ? Que vis-tu ?
La voix fait exploser le visage. Le palais se reconstitue, mais n'en finit pas de trembler. Toutes les âmes se plaignent dans une symphonie commune :
– Ne regardez pas ! Il est tombé ! C'est un suicide ! Comment on va nettoyer ça ? Il faut déplacer le corps ! Une ambulance ! Où es-tu ? Sur le sol ! Un drap, vite ! Que vois-tu ? Fermez les yeux, les enfants ! Maintenant ! Que vis-tu ? Là, les pompiers arrivent !
– Qui es-tu ?
Je suis Tantale. Puni pour avoir apprêté son fils et l'avoir servi aux dieux de l'Olympe dans un grand banquet. J'ai fait le mal. J'ai trompé. J'ai menti et j'en paie le prix.
– Où es-tu ?
Je suis au Tartare. Un enfer dans les Enfers. Un enfermement infernal. Des pals, des piques, des flammes, de la souffrance et du désespoir. Une éternité de constriction. Ici, je vois un criminel de lèse-majesté qui tente de placer un lourd rocher sphérique sur la crête obtuse d'une colline, mais qui échoue indéfiniment. Là, je vois un administrateur coupable de délit d'initié se faire dévorer le foie génétiquement modifié toutes les nuits alors que les cellules souches le reconstituent tous les jours. Au Tartare, les cris sont constants, les punitions sévères et immuables.
– Que vis-tu ?
Je vis le supplice de Tantale. Mon supplice. Le supplice de l'homme-statue. Tout est à portée de ma main et de mes yeux,

mais mon regard reste figé sur le vide. Tout me tente, mais rien ne m'arrive. Tout me frustre. Si l'idée me prend, dans un de mes voyages, de cueillir un fruit à un arbre luxuriant, il disparaîtra au moment où je le porterai à ma bouche. En lieu et place de son suc, j'aurai le goût âpre et rance de l'air urbain. Une caresse se change en un froid mouvement et un baiser en une volute de poussière sale. Immobile dans un monde en mouvement, telle est ma punition.

Mais j'estime désormais avoir expié mon crime. Je regrette. Par pitié, ô grand Hadès. Soit indulgent et magnanime. Permets-moi de quitter ce lieu de torture pour rejoindre la plaine des morts. Par pitié...

Tenté par ses sens, mais bloqué dans le corps d'une statue... Ton supplice... Nos regards sont, maintenant, si fortement liés que rien ne pourrait nous démagnétiser. Je suis à quelques centimètres de l'homme. Les yeux dans les yeux. Je vois ! Je vois le supplice. Je comprends la tentation... J'appréhende toute la cruauté de la situation.

Tu es là, grand Hadès. Je te sens. Je vois ton visage si proche du mien. Je vois la pitié dans tes yeux. J'ai compris mon erreur, ma faute. Permets-moi d'embrasser la mort, maintenant.

J'étais venu pour ça. J'étais venu pour te tuer. Notre rencontre était fatale. La lame était prête au fond de ma poche. J'allais attendre, sur cette place, que tu te fatigues... Puis que tu rentres chez toi. J'aurais été derrière toi. Tout au long du chemin. Dans le crépuscule. J'aurais attendu le moment parfait, celui où tu poserais la main sur la poignée de la porte de ton immeuble. Enfin, un reflet dans la nuit aurait éteint celui de tes yeux. Ton monde... tes mondes se seraient effondrés. Tout aurait été englouti par un raz-de-marée qui efface tout. Le vide. Une explosion volcanique aurait anéanti tes villes aux monuments d'albâtre, tes forêts d'émeraude, tes berges idylliques et tous tes personnages parfumés. Le vide. Vengeance consommée. Crimes expiés. Encore immobile dans la nuit, baignant dans ton sang, avec cet air surpris de celui qui ne sait pas d'où est venu le coup fatal... et surtout pourquoi...

Par pitié... Fais-le ! Ramène-moi chez les morts...

Nos visages s'éloignent. Je souris. J'ai compris. Je t'ai compris, Tantale. Je tiens ma vengeance. Tu veux mourir ? Tu désires ardemment que ma lame te libère du Tartare ? Qu'elle te permette d'échapper à l'enfer dans lequel tu croupis ? J'ai sur moi l'arme du crime... Mais pour l'acte que je vais commettre, je n'en aurai pas besoin. Je t'ai compris, Tantale. Je saisis la cruauté de ton supplice. Je suis satisfait. Comme je te l'ai dit silencieusement, je tiens ma vengeance.

Alors qu'au loin retentit la sirène de l'ambulance, que l'effervescence est retombée sur la Place Centrale, je sonde le fond de ma poche, la gauche, et en sort une pièce de monnaie crasseuse. Je la prends entre le pouce et l'index et la dresse pile à l'endroit où nos regards se croisent toujours. Puis, d'un geste leste, je la propulse dans une boîte en carton qui gît sous le piédestal de l'homme-statue.

Je balaie la place des yeux : secouristes en costume qui dispersent la foule, chien entraîné à l'écart par son maître, va-et-vient lumineux du gyrophare de l'ambulance, et toujours cette tache sombre en contrebas de la passerelle de métal...

Un dernier croisement de regards avec Tantale dans lequel je lis la détresse de l'artiste. Puis, satisfait, je m'en retourne en sifflotant.

III

Thérapie d'un inadapté
- Christophe Charles Künzi -

Exportation de la discussion entre la thérapeute et son patient...

[Thérapeute :] Ne croyez-vous pas qu'il serait peut-être temps de vous projeter dans l'avenir ?

[Patient :] Le seul endroit où je voudrais me projeter en ce moment, c'est sur les voies d'un train pour attendre qu'une locomotive m'emporte vers un autre monde. Peu importe si l'au-delà existe ou si après cette vie il n'y a que le néant. En rencontrant Nora, j'ai découvert le sens de l'existence. À présent, son absence m'a fait perdre mon chemin.

[Thérapeute :] Comment avez-vous vécu votre éveil de notre univers socio-éducatif, notre logiciel de croissance optimale par simulation ? Êtes-vous toujours convaincu qu'il s'agissait bien d'un programme ?

[Patient :] À votre avis ? Que pensez-vous que l'on ressente quand on apprend que l'on a traversé les dix-huit premières années de sa vie dans un environnement simulé, que tout ce que l'on a perçu par ses cinq sens était faux ? Vous savez théoriquement ce que ressentent vos prisonniers à travers vos statistiques et vos chiffres. Mais vous n'avez aucune idée de ce qu'on éprouve vraiment.

Bien entendu que j'ai conscience de la réalité. Je ne suis pas dans un délire absolu. J'ai accepté que ma jeunesse n'ait été qu'une simulation. Je dis seulement que Nora existe.

Bien sûr, votre univers m'avait préparé à une vérité alternative, comme le fait que je vivais dans un nid composé de câblages neurologiques. Pourtant, l'intuition que je jouais des scènes de vie factices me hantait. Le réveil a été un choc. S'acclimater à votre soi-disant réalité demande plusieurs mois.

Si votre simulation représentait un système solaire, la source de son énergie serait Nora. Je me retrouve sur une planète qui a peut-être plus de consistance, mais qu'aucune étoile n'alimente. Il est pour moi difficile de dire ce qui est plus réel, entre avant et maintenant.

[Thérapeute :] Si je comprends bien, vous n'êtes pas certain de la véracité de ce que vous vivez et pourtant vous dites pouvoir distinguer ce qui était vrai ou faux dans votre simulation ?

[Patient :] Vous m'avez dit que mes parents m'avaient rendu visite n'est-ce pas ? C'est d'ailleurs dans le contrat qu'ils ont signé. À partir de l'adolescence, des confrontations sont requises. Elles sont de plus indispensables pour une acclimatation aux liens familiaux réels. Par contre, vous ne prévenez pas les *potentiels* comme moi. Drôle de nom pour des cobayes. Quand ma famille a pris la place de ses doubles simulés, j'ai immédiatement remarqué la différence avec leurs avatars numériques. Je peux vous dire précisément le moment de leur irruption dans ma soi-disant formation, même si l'on a essayé de me cacher leur présence. Vous voulez que je vous en dise plus ? Et bien, je vais vous le dire ! La fréquence de leur présence a augmenté avec les années, je vous l'ai affirmé avant de prendre connaissance du contrat et vous me l'avez confirmé. Ma mère devenait de plus en plus protectrice et inquiète. Mon père commençait à nourrir des espoirs insensés sur mon avenir. Je lisais une insatisfaction croissante dans leur comportement à mesure que j'atteignais l'âge adulte. J'avoue que je préférais leurs doubles simulés, bienveillants et encourageants. Nora, elle, ne me regardait jamais comme ça. Elle me voyait comme aucun de vos pantins sociocognitifs ne le faisait. J'étais pour elle une force créatrice, au même titre qu'elle l'était pour moi.

[Thérapeute :] Pourrait-on dire que Nora représentait une sorte de refuge face au rejet de votre personnalité par vos parents ?

[Patient :] Non, ne la rabaissez pas à un simple outil thérapeutique. La simulation m'avait préparé à affronter la désapprobation de ma famille. La déception de mes géniteurs, je l'ai considérée comme quelque chose qui ne m'appartenait pas. À mon réveil, lorsqu'ils m'ont vu me débattre dans ce lit d'hôpital, sanglé à la manière d'un porc, gémissant des « Nora, où es-tu ? », j'ai lu dans leurs yeux du dégoût et de la résignation. Ils découvraient avec horreur que les projections qu'ils avaient sur mon avenir, la solide notoriété qu'ils espéraient bâtir sur mes prouesses se liquéfiaient devant eux. Je sais, ils ont porté plainte contre votre entreprise. Ils ont attaqué votre société pour les mauvaises raisons.

Sur vos brochures, vous vantez les résultats des *potentiels accélérés* qui ont marqué l'Histoire. Vous citez les bilans incroyables de vos meilleurs produits. Ceux qui gobent sans rechigner toutes vos théories psychologiques. Vous agissez avec votre intelligence artificielle narrative comme un boucher à qui l'on aurait confié une délicate opération du cerveau. Tout être humain n'est pas destiné à devenir un nouveau Mozart ou Einstein. Moi, je suis un artiste, je me développe en dehors du cadre qu'on essaye de m'imposer. Vous n'êtes pas capables de former des gens comme moi, ni de former des personnalités un tant soit peu proches de Nora. Elle est bien trop sophistiquée pour être issue de vos esprits étriqués.

[Thérapeute :] Peut-être que vous vous sentiez mieux dans l'univers que l'on vous avait fabriqué ?

[Patient :] Non, votre monde éducatif ne me plaisait pas du tout. Au fond de moi, j'ai continuellement ressenti son écœurante odeur artificielle. Je savais que je vivais dans une simulation. Nora représentait le seul élément réel de cet univers factice, malgré vos tentatives de me faire croire le contraire. D'ailleurs son esprit, son être, sont toujours présents quelque part.

Elle est peut-être comme moi ? Une enfant placée dans un simulacre de vie jusqu'à ses dix-huit ans ? Et peut-être que nos deux flux narratifs se sont mélangés, une rencontre fortuite, c'est possible !?

Arrêtez de secouer la tête, vous n'en avez aucune idée. Vous êtes psychologue, pas spécialiste en programmation. Ce n'est pas parce que vous travaillez pour eux que vous comprenez tout à l'informatique. Nos flux neuronaux sont transformés en information binaire. Tous les rêveurs sont branchés à la même machine, vous ne pouvez pas distinguer les différences entre deux simulations si vous observez le code. Vous ne savez rien du tout !

[Thérapeute :] D'accord... Pourtant, depuis votre réveil il y a deux ans, vous n'avez cessé de la chercher et vous ne l'avez pas trouvée, n'est-ce pas ?

[Patient :] Et alors ? Ça ne signifie rien ! Arrêtez avec ce sourire compatissant ! Bien sûr, vous savez que je me suis introduit par effraction dans votre entreprise et que j'ai fouillé dans vos dossiers. Je suis au fait que vos rapports font mention de l'acronyme N.O.R.A pour une Narration Onirique pour Relation Amoureuse permettant la rencontre du premier amour. Mais ce n'était pas ça. Ce que j'ai ressenti pour elle avait trop de complexité, de couleur, de vérité.

[Thérapeute :] Vous pensiez, au moment du réveil, que vous alliez la retrouver ?

[Patient :] J'ai vite compris que tout était factice, que les événements qui se sont produits dans ma vie n'étaient que des illusions. J'en déduis que sa mort devait l'être aussi.

[Thérapeute :] Vous êtes donc toujours convaincu que votre Nora est réelle ?

[Patient :] Ce n'est pas ma Nora, c'est simplement Nora. Quand vous utilisez : « votre » vous sous-entendez qu'il y en a plusieurs, alors qu'elle est unique. Tous les autres patients ont peut-être « une » Nora, une Nora sans forme, à l'allure d'acronyme, rigide et plate, mais pas moi.

Vous prétendez qu'elle n'est qu'un élément d'un scénario inventé par une intelligence artificielle. Mais moi, je ne le crois pas. Il n'y avait rien d'artificiel en elle. Depuis que je me suis réveillé, j'ai étudié le fonctionnement des algorithmes. Les programmes reproduisent ce qu'ils connaissent, comment voulez-vous créer une artiste de son niveau ? En vous basant sur qui ? Vous êtes incapable de reproduire la manière de penser des grands artistes tels que Dali ou Kandinsky. Ils sont morts depuis longtemps. La seule trace de leur génie ce sont leurs tableaux. De plus vos simulations, malgré un certain degré de liberté, doivent être calibrées, suivre certains standards.

[Thérapeute :] Avez-vous au moins essayé de faire d'autres rencontres ? Cela vous aurait peut-être permis de constater qu'elle n'était pas si exceptionnelle.

[Patient :] Depuis mon réveil, j'ai fait la connaissance de nombreuses femmes. Ma mère m'a traîné à divers dîners pour me présenter des partenaires qui disposaient toutes, selon elle, des qualités nécessaires au bonheur. Des candidates parfaites pour construire un avenir, une famille, une vie. Objectivement, même si le terme objectif n'est pas adapté à l'amour, aucune d'elles n'arrivait à la cheville de Nora.

Ceux qui ont besoin d'aide psychologique, ce sont mes parents. Eux n'ont pas dépassé la phase du déni. Ils refusent mon incapacité à forger des liens d'affection envers une autre femme.

Ces rencontres avaient toutes une atroce saveur de platitude, des repas sans imagination, sans poésie. Ces jeunes célibataires ressemblaient à des créatures faites en papier mâché. Il leur manquait cette étincelle de passion qu'un mystérieux Gepetto ne leur avait pas donnée. Au contraire de Nora.

[Thérapeute :] Vous étiez spécial et Nora vous comprenait ? Vous pensez donc que c'est une coïncidence de rencontrer quelqu'un avec qui l'on a une telle alchimie, alors qu'on se sent perdu ?

[Patient :] À mon adolescence, je me suis écarté de mes camarades, de leurs comportements puérils. Je me sentais différent.

Vous prétendez que je suis tombé sur Nora dans ce magasin de peinture, parce que j'étais prêt à la rencontrer ? Que l'intelligence artificielle narrative l'aurait générée spontanément du vide, comme ça ? Une minute avant que je ne la croise, sa conscience n'aurait pas existé et juste après, « pouf », elle se serait mise à me parler avec fougue des contrastes qu'elle faisait apparaître au moyen des pinceaux qu'elle utilisait, sa façon de transmettre des émotions sur ses toiles ?

Impossible.

Je me souviendrai toujours de cette rencontre. Je suis entré dans ce magasin. J'ai observé ses longs cheveux noirs qui tombaient dans son dos. Elle avait quelques centimètres de moins que moi et s'est retournée quand je me suis approché. Une mèche rebelle lui masquait son regard malicieux et elle l'a écartée avec douceur. Elle m'a spontanément adressé la parole, avec un naturel désarmant. Mon corps tout entier a été pénétré d'une musique lente aux accents intenses de plénitude.

Nos âmes ne se sont plus jamais quittées depuis ce moment-là.

[Thérapeute :] Et pourtant, elle vous a quitté...

[Patient :] Oui, elle m'a trompé. Oui, elle m'a quitté. Et oui, je n'ai pas cessé de l'aimer. Elle a commencé à se comporter comme les autres adolescentes de notre âge. C'est normal.

Qui pourrait l'en blâmer ? Elle s'est mise à consommer différentes drogues. J'ai éprouvé de la déception. Malgré cela je n'ai pas coupé le contact avec elle. Nous étions liés par une relation mystique. Elle est toujours restée mon âme sœur, toujours. Et je n'ai jamais cessé de l'aimer.

Selon vous c'était programmé, bien sûr ? Pour supporter les futures pertes inévitables de l'existence, cela fait partie du processus de construction de l'identité ? Je connais la théorie, il faut passer par plusieurs étapes psychologiques : le déni, la tristesse, la colère, la négociation, puis enfin l'acceptation.

Ce n'est pas un blocage mental. J'ai supporté une grande quantité de désillusions dans ma vie : l'imperfection de ce monde, l'imperfection de mes parents et mes propres faiblesses, ma propre imperfection.

[Thérapeute :] Cet attachement intense représente une anomalie dans notre système... et nous cherchons à la corriger.

[Patient :] Que voulez-vous dire ? Que Nora est une anomalie ? Ou que mes sentiments pour Nora sont une anomalie ? L'attachement à un être humain serait, selon vous, une erreur ? Il et possible que l'amour soit l'une des plus grosses anomalies de l'humanité. Est-ce que je n'ai fait qu'agir de manière absurde d'après votre expérience ? Pour un idéal inatteignable ? Peut-être.

Mais si cela s'était produit dans le monde réel, vous ne me prendriez pas pour un fou, vous trouveriez cela romantique. Mes parents auraient de la satisfaction et arboreraient deux sourires béats à la place de leurs visages plein de colère et de déception. Certes, mes sentiments se sont forgés dans un univers virtuel, mais sont-ils moins réels ?

En mimant la réalité, vous n'avez fait que créer l'ambiguïté sur ce qui est vrai et ce qui ne l'est pas. Nora est devenue la représentation de l'amour.

Pourquoi ai-je le droit de tomber amoureux dans ce

monde-ci et pas dans le précédent ?

[Thérapeute :] Mais Nora est morte et vous n'avez toujours pas accepté son décès, le décès de votre Nora. La cérémonie ne vous a-t-elle pas permis d'admettre sa disparition ?

[Patient :] Selon votre théorie, le programme informatique ne trouvait pas de manière plus élégante que cette fin brutale pour m'éloigner d'elle. Vous avez une explication pour tout. Mais ce qui me lie à elle est plus fort que la mort. La quête pour la retrouver ne s'est pas arrêtée.

On pense que la cérémonie représente une étape essentielle pour faire le deuil. Mais non, ça ne fonctionne pas pour moi. Elle n'est pas morte.

Pourtant, ce jour atroce restera à jamais gravé dans ma mémoire.

[Thérapeute :] Et ce moment ne vous a-t-il pas semblé réel ?

[Patient :] Si, malheureusement. Je me souviens de chaque instant. À dix heures j'ai franchi le seuil de l'église, pour lui dire un dernier mot. Les autres ont accepté cette fatalité. Ses amis et sa famille la considéraient comme une artiste, un esprit libre.

Pour moi, elle représentait tout. D'abord une amie sincère, et surtout un soutien sans faille. J'ai traversé la nef en résistant continuellement à l'envie de m'enfuir. Parce que je savais déjà comment se déroulerait la cérémonie. Elle m'avait raconté ses funérailles idéales, un soir lorsque nous avions trop bu.

Comme elle l'avait prévu, nous avons été accueillis par Un homme heureux de William Sheller. Elle aimait l'émotion qui se dégageait de sa voix, le désespoir que le chanteur refusait de masquer, son authenticité.

Je me suis assis au deuxième rang, à côté de l'une de ses amies du groupe de peinture qui pleurait déjà à chaudes larmes. Tout le monde l'appréciait. Elle n'avait aucun ennemi, parce qu'elle ne portait aucun jugement sur les autres. Elle n'éprouvait que de l'amour et de la compassion pour ceux qui l'entouraient et pour ceux qu'elle croisait. Elle chérissait tellement la vie qu'elle ne pouvait s'empêcher de sourire, chaque jour, chaque minute, chaque seconde.

[Thérapeute :] Étiez-vous en colère ?

[Patient :] Cela dépassait la simple colère. Ce bus a effacé sa rayonnante présence à jamais. Pour son conducteur, j'ai eu la même rage que celle que j'ai à votre égard, pour m'avoir joué ce tour. Le chauffeur était passé au feu rouge. C'était un accident, une inattention, rien de plus. Rien de plus... Comment ont-ils osé dire ça ?! Pendant une semaine, j'ai pu lui rendre visite à l'hôpital. Seuls quelques câbles la retenaient encore suspendue au-dessus du précipice du néant, avant qu'elle ne finisse par chuter dans les ténèbres.

Elle avait pris soin de rédiger ses dernières volontés sur un papier à l'intérieur de l'un de ses manuscrits. On a coupé l'assistance respiratoire. On a découpé son cadavre encore chaud pour faire don de ce qui fonctionnait à ceux qui en avaient besoin. Comme si elle n'avait été qu'une vulgaire automobile. Un choix supplémentaire d'amour de sa part.

[Thérapeute :] Sa mort semble être une réalité indéniable, pourquoi refuser de l'accepter ?

[Patient :] Quel dieu injuste pourrait permettre à une si belle étoile de partir si jeune ? Oui, je refusais de l'accepter et je refuse toujours de le croire.

Nora, elle, avait compris l'impermanence de l'existence. Elle m'avait dit un jour :

— Si les bonnes personnes meurent, c'est qu'elles ont le droit d'être en paix. Les autres doivent encore apprendre de la vie.

— Parce que tu veux mourir ? lui avais-je demandé inquiet.

— Non, bien sûr que non, mais mourir, c'est naturel. Il ne

faut pas s'effrayer de quelque chose de naturel.

La réminiscence de cette discussion avait ressurgi lorsqu'une chanson de Michel Berger s'était mise à résonner dans le lieu saint.

Je ne sais pas ce que j'aurais fait si vous ne m'aviez pas réveillé. J'aurais peut-être fini par croire à sa mort. Le moment le plus difficile s'est produit lorsque chacun d'entre nous a défilé devant le cercueil. Comme elle avait prévu qu'il serait vide, elle avait demandé qu'on y dépose une peinture. Elle avait voulu que la toile soit l'un de ses tableaux, inconnu de tous. Si elle avait été écrivaine, cela aurait sûrement été un texte. Elle avait exigé que la toile ne soit vue que le jour de son enterrement et qu'on la mette en terre avec son âme. Elle disait : « Il faut bien que les gens perdent une partie de moi, sans quoi ce ne sera pas de vraies funérailles. ».

Son humour me manque tellement. J'aurais rêvé de voler le tableau, c'était difficilement supportable de savoir que cette aquarelle disparaîtrait bientôt dans une crevasse sans lumière.

La plupart des recueillis passaient et jetaient un vague coup d'œil sur la fresque. Moi, je me suis arrêté pendant plus d'une minute. Je me fichais qu'on attende derrière moi, je voulais observer chaque marque de pinceau. C'est pour cela que je suis resté figé devant sa dernière œuvre, jusqu'au cinquième « psst » de la dame âgée qui me succédait.

[Thérapeute :] Comment avez-vous vécu les semaines qui ont suivi sa mort ?
[Patient :] Sa fausse mort, vous voulez dire. Votre vaine tentative de l'arracher à ma réalité. Et bien, le soir même, avec des amis, nous avons passé toute la nuit dans son atelier à admirer ses créations. C'est ce qu'elle avait espéré. Qu'il ne reste d'elle que des idées transformées par un processus artistique. En observant les toiles, je la revoyais m'expliquer ce qu'elle avait caché dans son subtil coup de pinceau : « Tu vois, ici, j'ai utilisé le rouge pour symboliser la violence de l'émotion qui traverse le

personnage. », m'avait-elle dit un jour. J'ai pleuré devant chacune de ses œuvres, car je l'imaginais me parler, m'éclairer avec sa passion. J'aurais voulu la prendre dans mes bras. Mais on n'enlace pas un tableau.

La nuit où l'on avait discuté de sa mort, à moitié saoule, elle avait exprimé le souhait que chacun écrive un texte, une anecdote, un moment fort qu'elle aurait vécu avec chacun. Elle l'avait dit sur le ton de la plaisanterie. Et j'aurais voulu qu'on respecte cette boutade, mais personne ne l'a fait. Sauf moi. De mon côté, j'aurais pu créer un roman sur elle, rien que sur son rire.

[Thérapeute :] Depuis votre réveil, vous vous êtes enraciné dans la réalité. Mais votre obsession vous a empêché de travailler, vous n'avez pu garder aucun poste. N'auriez-vous pas pu continuer votre quête de Nora tout en essayant de vivre normalement ?

[Patient :] Ce n'est pas une obsession !

C'est impossible d'aller au travail chaque matin avec la certitude qu'un être que vous aimez, le seul être que vous aimez vraiment, vous attend. Aussi brillant et imaginatif que je puisse être, il me manque quelque chose pour fonctionner, comme un rouage essentiel dans un moteur. Mon cerveau tourne à vide et il continuera de le faire tant que je n'aurai pas retrouvé l'élément qui me complète, celui qui me comprend. Même si j'ai une intelligence développée à son stade maximal grâce à votre programme. J'étais prédestiné à l'innovation technologique, à cause de mon esprit d'artiste.

Vous ne me demandez pas si manger ou boire sont des obsessions. À mon réveil, après la sortie de votre simulation, mes parents ont souhaité que je trouve du travail. C'est ce que j'ai fait. Mais je n'ai pas cessé d'évoquer Nora. Un jour, durant un repas de famille, à la cinquième allusion, mon père s'est énervé et a frappé un grand coup sur la table. Il n'avait rien dit. Il avait juste serré les lèvres pour m'intimer de me taire. Pour lui, cette litanie devait prendre fin. Comme vous, il pensait que mon amour représentait une pathologie. Je n'ai pas réussi à m'intégrer, d'accord. Mais ce n'est pas ma faute si ce qui m'entoure est fade. Je suis un inadapté, c'est le propre de l'artiste, comme Nora.

[Thérapeute :] Parlez-moi de la rage qui vous a animé lors de la thérapie de groupe.
[Patient :] Vous voudriez que je m'excuse pour ce que j'ai fait ? Je ne le ferai pas, je n'ai pas de remord, aucun. Ce salaud mentait à tout le monde. En premier lieu à lui-même en prétendant qu'elle existait dans ses souvenirs. Il parlait de la narration de l'intelligence artificielle, d'une Nora fictive. Mais, il l'assimilait à la mienne. Vous vouliez que je réagisse comment ?

Les autres s'exprimaient tous comme si le fait de croiser la route de Nora leur avait transmis une maladie dégénérative. Comme si elle n'avait été qu'une erreur. S'ils cherchaient les responsables de leur état, il suffisait qu'ils se regardent dans la glace.

Nora, la Nora qui existe et que j'ai rencontrée est la plus belle chose qui puisse arriver à quelqu'un. Bien sûr, la leur, elle ne pouvait pas ressembler à la mienne de près comme de loin. J'ai eu le sentiment qu'ils essayaient de salir son image. C'étaient comme si, à chaque propos, ils tentaient de recouvrir une toile de maître d'une couche de spray.

[Thérapeute :] Pourquoi cela vous a-t-il mis en colère, puisque ce n'était pas Nora, mais une Nora ?
[Patient :] L'un des patient essayait de refléter sa souffrance en moi.

Son coude était posé sur ses jambes croisées. De sa main, il tirait nerveusement sur les quelques bracelets qui glissaient sur son avant-bras. Il portait une barbe de plusieurs mois et des cheveux longs, crasseux et secs. Ses yeux exorbités, vides comme les profondeurs d'un lac, observaient le sol en imaginant son illusoire sirène. Il ressemblait à un capitaine auquel on aurait retiré son phare. Il fumait, il buvait. Il se réfugiait dans le silence pour la retrouver, sa Nora, sa rencontre, son adolescence, sa vie. J'avoue que je n'ai pas eu le temps de sentir ma rage monter. Elle est venue d'un coup.

Et donc oui, je me suis levé brusquement. Je lui ai cassé quelques dents. J'en ai eu des douleurs aux phalanges pendant plusieurs semaines.

Vous avez sûrement des cas similaires qui se produisent, c'est pour ça qu'il y a toujours deux à trois agents de sécurité au cours de nos séances. Je pense que ce qui m'a fait péter les plombs, c'est lorsqu'il s'est tourné vers moi, avec son regard larmoyant qui disait : « On est pareils toi et moi. ».

[Thérapeute :] Avez-vous tout de même ressenti un peu d'empathie pour lui ?
[Patient :] Après coup, oui.

Mais, je refuse de m'excuser, même si cette rage était davantage dirigée contre vous ou mes parents après réflexion. Ils m'ont forcé à suivre une thérapie.

Bien entendu, il s'accrochait à cette Nora qui avait été créée de toutes pièces et c'est triste. Mais ne me comparez pas à lui, ma Nora vit, elle. C'est la différence.

[Thérapeute :] Donc, depuis six mois, rien n'a changé, vous avez toujours le même avis ?
[Patient :] Évidemment que j'ai le même avis, on ne se détourne pas de la vérité une fois qu'on l'a aperçue. Et ce n'est pas parce que vous m'avez attaché et avez tenté de me faire avouer que je suis fou que je vais refuser soudain de croire qu'elle existe.

[Thérapeute :] Très bien, au fond du couloir vous verrez une porte entourée d'un halo, une lumière blanche. Ouvrez-la.
Nous vous remercions d'avoir utilisé le logiciel d'impré-

gnation Cupidon. *Vos circuits neuronaux ont été modifiés en quelques minutes en vous donnant l'impression que vous étiez une autre personne dans un autre contexte afin de vérifier l'attachement réciproque dans un couple. Les expériences de chaque binôme sont fabriquées par intelligence artificielle et sont à chaque fois unique. Vous avez le choix de garder le faux souvenir mémoriel ou de le supprimer.*

Fin de la transcription du programme de compatibilité Cupidon.

***

Nous avons ouvert les yeux en même temps. C'était mon second réveil d'une simulation. Mais à présent, je me souvenais être arrivé avec Nora, d'avoir choisi de faire cette expérience. Des éléments de souvenirs manquants ont réintégré mes neurones. La responsable de la simulation nous a dévisagés avec un sourire ému. Puis, elle a annoncée le verdict : « Vous êtes faits l'un pour l'autre. ».

J'ai cherché Nora du regard. Elle s'est tournée vers moi, pleine d'espoir. Elle m'a adressé un regard malicieux, rieur. Elle arborait de longs cheveux noirs. Elle avait la même apparence que dans ma mémoire. Elle a posé sa main sur la mienne.

Ces dix-huit années de jeunesse n'avaient été qu'une aventure fictive du programme Cupidon, un test. Mon premier réveil m'avait donné l'illusion d'avoir rejoint le monde réel.

Nora s'est approchée de moi.

J'ai retiré ma main de celle de Nora, puis je me suis tourné vers la responsable de la simulation et je lui ai dit : « Désolé, madame, mais ce n'est pas elle, ce n'est pas ma Nora. ».

IV

La dernière cigarette

- João Miguel Baile Dos Passarinhos -

Voilà ce qui arrive quand on s'y prend au dernier moment : ils sont tous partis. À la campagne, à la montagne, en famille, et moi pour cet ultime jour de l'année, eh bien, je me retrouve seul, sans mes habituels compagnons de foire pour fêter ce Nouvel An.

Seul avec cette rupture qui date de quelques semaines à peine, qui cicatrise, mais lentement.

Beaucoup travaillé pour rattraper le retard pris sur mes cours. Cette triste séparation m'avait fêlé l'énergie. Il ne faudrait pas que je rate mes partiels. Je suis si près du but, maintenant, quelques mois encore avant ce diplôme, enfin... Et je ne voyais pas le temps qui passait.

Finalement, ce n'est peut-être pas plus mal. Ces longues semaines de solitude studieuse m'ont aiguisé le goût de l'autre. Découvrir de nouvelles têtes me ferait certainement du bien. Pour cette Saint-Sylvestre, j'irai vers les quais du centre, là où j'ai le plus de chance de trouver un bar joyeux et bondé d'inconnus. Et d'inconnues aussi...

Ma chambre est éloignée, en fin fond de banlieue, proche de l'université. C'est pratique pour les études, mais pas facile pour les retours, surtout la nuit. J'ai les clés de celle d'un ami, il me les a laissées pour que je nourrisse une fois ou deux les poissons de son aquarium et que je m'assure que tout est tranquille. Le studio est spacieux, impeccablement agencé et proche du quartier des bars de nuit. Maintenant, je me dis que je pourrais lui rendre ce service et en profiter pour y attendre confortablement le matin et l'heure des premiers bus.

Il m'a fallu beaucoup de temps, plus que je ne le pensais,

pour trouver un endroit accueillant. Les bars semblaient aussi avoir déserté la ville pour les vacances. Quand, enfin, l'un d'entre eux m'a accepté, l'année s'achevait presque. Je suis resté un bon moment debout, au comptoir, en fumant quelques cigarettes. Sur une petite estrade, un jazz-band assez impétueux déversait alternativement une ambiance acrobatique puis lascive. Du regard, je faisais le tour de la salle, à la recherche d'une chaise, d'une place dans un fauteuil et surtout de quelqu'un avec qui j'aurais pu faire un peu de conversation, plaisanter ou, même, plus tard, rêver.

J'ai inspecté la maigreur de mon paquet de cigarettes. En déambulant le long des quais, j'en avais déjà aspiré presque la totalité. J'en ai extirpé une nouvelle, craqué une allumette, et derrière la flamme qui vacillait, j'ai vu cette fille qui se tenait toute droite, au bord de la banquette, à quelques pas de moi. Elle semblait seule et je me demandais bien comment j'avais pu faire pour ne pas la remarquer avant. Mince, fluette même, le visage très pâle, parsemé de petites taches rousses, les yeux clairs, verts sans doute, des cheveux courts, en tignasse frisée de blond. Son regard m'a paru perdu dans le vide, interrogeant quelque chose à la fois intimement en elle et infiniment loin derrière la porte de ce bar, de la rue et des hangars du fleuve. Elle était vêtue d'un jean blanc, de bottes fourrées et surtout d'un ahurissant pull de grosse laine, tricoté certainement par une grand-mère affectueuse. Sur le devant du chandail, lovés dans un énorme cœur brodé de rouge, la Belle et le Clochard se partageaient les deux extrémités d'un même spaghetti.

Les places à ses côtés étaient libres, je me suis vite dit qu'une telle occasion ne se représenterait pas et j'ai parcouru sans précipitation, mais résolument, l'espace qui me séparait d'elle et me suis assis à sa droite. En regardant ailleurs, j'ai fait semblant de m'intéresser profondément à la musique qui m'était devenue très accessoire. Pour me donner de la contenance, j'ai allumé une cigarette avec celle que je venais de finir et je me suis tourné lentement vers la fille dans le but de lui parler de n'importe quoi, de son pull par exemple. Je ne suis pas très habile à ce jeu-là. Mais un type avec un verre à la main s'est assis à sa gauche et elle s'est tout de suite enfoncée dans la banquette pour se coller contre son épaule. J'ai refermé la bouche et j'ai tiré sur ma cigarette une longue bouffée déconcertée. Après un instant de silence, ils ont commencé à se parler. L'orchestre jouait fort, il ne me parvenait que les bribes de leur conversation que je ne voulais pas entendre : « trop tard... », « plus jamais... », « personne ne... », « confiance qui... », « faire des efforts... ». Des mots qui s'entrenouaient dans une détresse calme qui aurait pu faire croire à des confidences, si ces lambeaux de paroles n'avaient pas eu des sonorités de fruits aigres. Il y a eu un silence, j'ai allumé une autre cigarette, un long silence, je l'ai finie, je pensais à partir. Et puis le type a avalé son verre d'un trait, il s'est levé en bousculant la fille. Elle a fait comme un geste pour l'agripper, peut-être pour qu'il l'emporte avec lui et puis elle a laissé retomber sa main lentement. Il a récupéré, sous un tas de manteaux, un blouson de mouton retroussé, l'a enfilé, s'est dirigé vers la porte puis est sorti, sans un regard derrière lui. La fille s'est remise droite, raide même, au bord de la banquette, les mains à plat sur ses cuisses, comme pour bondir à son cou s'il revenait, mais ses yeux montraient qu'elle savait déjà qu'il ne le ferait pas. J'ai regardé mon paquet de cigarettes il en restait deux. J'en ai mis une entre mes lèvres et je me suis dit que c'était peut-être une bonne idée de proposer la dernière à la fille. J'ai voulu lui tendre le paquet et j'ai pris une respiration pour parler. Elle s'est tournée lentement vers moi, m'a regardé droit dans les yeux, il y avait de l'eau, et elle m'a dit d'une voix asphyxiée qui s'estompait progressivement, comme si sa vie allait s'éteindre :

– Tu ne voudrais pas t'arrêter de fumer ?
J'ai gardé la bouche ouverte un moment, la cigarette collée qui pendait bêtement. Je l'ai ôtée, remise dans le paquet sans quitter les yeux de la fille. Et puis j'ai répondu :

– Oui... Certainement...

Et c'est à cet instant que le trompettiste a commencé à débiter un compte à rebours dans le micro – *dix, neuf, huit* – ponctué de coups de grosse caisse – *sept, six, cinq* – tout le monde s'est levé – *quatre, trois, deux* – la salle reprenait en chœur – *un, zéro* – puis a hurlé « Bonne année ! ». Et chacun de se jeter dans les bras l'un de l'autre, pendant que l'orchestre entamait un *Ce n'est qu'un au revoir* jazzy et déglingué. Au milieu de la foule, et pourtant seuls, il y avait elle et moi, debout comme des paquets inutiles, l'âme un peu flottante dans toute cette exubérance légitime, encerclés de baisers qui fusaient, et personne à embrasser. J'ai senti quelque chose qui grattait ma manche, j'ai tourné la tête, elle était là qui me regardait avec ses grands yeux verts tout mouillés et son petit visage constellé qui se tendait ingénument vers le mien. Je lui ai souri timidement, elle a répondu, et alors on s'est embrassé, gentiment sur la première joue et puis plus tendrement sur la seconde. Et j'ai perçu une main qui frôlait la mienne et après on s'est un peu serré l'un contre l'autre à cause de la cohue, elle la tête presque sur ma poitrine, moi le nez presque à respirer ses cheveux. Je lui ai murmuré :

– Bonne, non... meilleure année.

On s'est à peine décollés pendant que tout le monde arrosait bruyamment ce Nouvel An. Et puis un gars joyeusement bourré a insisté pour nous offrir deux verres de champagne, qu'on a acceptés en souriant. On a trinqué avec lui et quand il a disparu pour boire un peu plus loin, on s'est assis à nouveau sur la banquette sans se rendre compte qu'on se tenait déjà par les doigts.

– Tu es le premier mec à me sourire depuis le début de l'année... dernière.

– Et toi la première fille qui me fait une bise depuis douze lunes.

Puis tout a été plus simple, on a un peu bu, on a dansé,

on s'est raconté, moi ma cicatrice qui commençait à se refermer, elle cette blessure qu'elle avait maintenant, mais qu'elle appréhendait depuis longtemps et qu'elle voulait recoudre vite. Et d'autres choses de nous encore. C'est vrai qu'elle paraissait fragile, comme je l'avais remarqué dès le premier instant.

Par instants un besoin diffus m'envahissait comme une bouffée de vapeurs. Je palpais machinalement mes poches et quand j'y sentais le carton de mon paquet de cigarettes, je me disais « Ben oui... » et puis je laissais tomber. Je la regardais avec ses petits poumons et je n'avais envie de rien d'autre qu'inhaler sa présence.

Quand l'aube a commencé à poindre, on se connaissait presque sur le bout des doigts. On a quitté tranquillement le bar, on a marché le long des quais, elle soufflait sur les lampadaires et ils s'éteignaient au fur et à mesure sur notre passage et elle a dit :

— Qu'est-ce que j'en ai des bougies ! C'est vraiment ma fête... Peut-être qu'avant, je me suis trompé de vie.

Il faisait frais, il gelait même. Le fleuve était paisible, il coulait sans se soucier de nous dans un sens à lui et nous on avançait sans se soucier de personne non plus, dans nos sens à nous. Elle s'est serrée très fort contre moi, peut-être par crainte du froid, peut-être par crainte d'autre chose, et moi je sentais que son parfum subjuguait toutes mes angoisses. Il y avait ces nappes jaunes et roses qui s'étiraient au bout de l'horizon et qui nous faisaient cligner des yeux, battre le cœur aussi et qui nous allumaient des petites lumières dans l'âme. On est arrivé par hasard dans la rue du studio dont j'avais les clés. J'en étais le premier surpris, et je ne sais pas pourquoi je lui ai dit :

— Voilà, je dors là...
Elle a ri et m'a répondu :
— Moi, c'est aussi là que je veux me réveiller.
On est entré, on a pris le minuscule ascenseur pour le sep-

tième, elle s'est blottie contre moi et m'a dit :

– Tu sais quoi ? Y'a un truc important qui ne marche pas, y' a un grave problème : on n'a même pas pensé à s'embrasser...

Et nos visages se sont rapprochés, et nos lèvres se sont touchées, et nos langues se sont mêlées, et nos respirations se sont bloquées pendant une éternité. Quand l'ascenseur s'est arrêté, on était essoufflés, mais on avait réparé ce truc important qui ne marchait pas. Et elle m'a dit :

– Moi, c'est Nathalie, et toi ?

On est entré dans le studio des poissons rouges qui nous ont dévisagés, interloqués. Je lui ai demandé si elle voulait prendre une douche et elle m'a répondu :

– Toi d'abord, j'ai besoin d'un bon café. Ne t'inquiète pas je saurai trouver ce qu'il faut.

Et elle a commencé à ouvrir tous les placards. J'ai disparu rapidement dans la salle de bain pour ne rien avoir à lui expliquer des tasses et des petites cuillères.

Je n'avais rien pour me changer, mais j'ai découvert un caleçon un peu large et un t-shirt hawaïen sur une étagère. J'ai pris une douche presque froide et je me suis séché avec ma chemise. Je voulais être sûr qu'elle ait de l'eau chaude et je n'avais trouvé qu'une seule serviette propre. Je suis ressorti craintivement. Elle avait enlevé ses bottes et au fond du rocking-chair, près du lit, sirotait son café. Avec son pied elle ouvrait et fermait un tiroir sous le lit, au rythme du fauteuil et de la musique qui susurrait des romances.

– C'est marrant chez toi, ça sent le vieux garçon. C'est pas grave, t'as l'air d'être un maniaque des choses à leur place. Mais y'a quand même ce tiroir qui tient pas en place.

Elle s'est levée.

– Il y a encore du café, fais comme chez toi, je vais prendre une douche. Je laisserai pas de cheveux de fille dans ta brosse, promis.

Et elle est entrée dans la salle de bain.

Ordonné, c'est tout sauf moi. Ma chambre à la cité U est un vrai foutoir, mais je me demandais s'il était important de lui dire que je n'étais pas chez moi et puis j'ai oublié l'idée. De toute façon ce n'était pas pour mon sens du rangement qu'on se retrouvait là, tous les deux. J'ai repoussé le tiroir, mais il s'est aussitôt entrouvert.

Elle est ressortie un quart d'heure plus tard, roulée dans la serviette que je lui avais préparée sur le lavabo, un petit paquet de linge sous le bras. Elle a consciencieusement étalé son jean, ses chaussettes, un caraco et un minuscule slip blanc bien à plat dans un coin sur la moquette, elle a déposé son pull sur le rocking-chair.

— Tu comprends, il faut que je fasse attention à ne pas friper mes affaires, chez un vieux garçon maniaque comme toi, je vais certainement pas trouver des fringues de fille pour me changer, hein ?

J'ai souri parce que je la soupçonnais d'avoir enquêté sur des traces éventuelles de présence féminine et qu'elle était presque rassurée.

— Eh ! Y' a tes affaires en boule sous le lavabo, ça fait désordre, tête en l'air, tu sais plus où tu habites ?

Effectivement je ne savais plus, mais j'étais sûr que c'était avec elle que je voulais être.

Et puis elle s'est approchée de moi, a effleuré ma peau sous mon t-shirt. Ses mains étaient crissantes avec des traces de douceur. J'ai passé mes doigts sous ses cheveux, sur sa nuque, des doigts rugueux, avec des nuances de vibrations. Elle a fermé les yeux, collé sa tête sur ma poitrine, elle a écouté mon cœur qui faisait du vacarme et puis elle a murmuré :

— Voyons de plus près ce qui fait tout ce raffut.

Elle m'a extrait de mon t-shirt et m'a poussé gentiment vers le lit où je me suis affalé sur le dos. Et puis sa serviette s'est dérobée et nue, elle est venue sur moi. Lentement, longuement, profondément, elle glissait et je la suivais, elle roulait et je roulais aussi, je me retenais, mais elle me dépassait, et ainsi jusqu'à ce que l'on soit à bout de forces et de jouissances l'un de l'autre.

Plusieurs fois, dans ce qui était notre nuit en plein jour, je me suis réveillé, elle dormait, le sommeil tourné vers moi, enroulée comme une chatte, presque transparente, aussi frêle qu'une poupée de verre, sa peau incolore, ses seins si petits, ses hanches si fragiles, ses cheveux qui lui baignaient le front. Au-delà, flou, son pull étincelait toujours de ses couleurs tendres.

Une autre fois encore, sa respiration que je voulais aspirer, sa quiétude que je voulais protéger, la douceur de sa présence qui m'enveloppait, la sérénité de ses paupières closes. L'incroyable cœur rouge de son pull qui me rassurait.

Je me suis réveillé à nouveau, mais brusquement cette fois, comme sortant d'un épouvantable cauchemar d'enfant. Tout a tournoyé dans ce violent sursaut d'angoisse : le drap et la couette se sont envolés, les oreillers expulsés, le rocking-chair lui-même reculant de terreur. Il y avait cette chambre, il y avait le lit, les oreillers, il y avait le rocking-chair qui mourait son balancement, il n'y avait pas d'éclat de pull, il y avait le drap froissé, imprégné d'un proche parfum. J'ai fermé les yeux, il me fallait comprendre, mais je craignais le retour des cauchemars et je les ai rouverts.

Il y avait cette chambre, il y avait le lit, les oreillers, il y avait le rocking-chair immobile, il n'y avait plus d'éclat de pull, il y avait le drap froissé, seul son parfum l'imprégnait encore. Dans ce coin sur la moquette, plus de jean, de chaussettes, de caraco et de petit slip blanc bien à plat.

J'ai regardé vers la cuisine, vers la porte ouverte de la salle de bain, rien, je me suis levé. J'ai cherché quelque chose, quelque chose qui me manquait, je suis allé vers la fenêtre, mais ce n'était pas de lumière dont j'avais besoin, je suis allé chercher mes vêtements en boule, j'ai fouillé dans les poches, j'ai cru que c'était ça, un paquet cartonné dans une poche de jean, je l'ai sorti, il était tout écrasé, je l'ai regardé, mais j'ai compris que ce n'était pas non plus ça qui me manquait. Je me suis assis sur le bord du lit, j'étais nu de cette nuit, mais à présent encore plus dénué. Je voulais espérer, peut-être une odeur de croissant, de pain chaud, je ne m'attachais maintenant plus qu'à cette conjecture, nécessaire. Je suis resté ainsi peut-être une heure, je ne sais pas, une éternité dans mon cœur, et puis j'ai compris que rien ne servirait d'attendre, j'ai bougé, enfilé mes vêtements sales, ma chemise encore humide et je suis sorti.

Il neigeait, mais je n'avais pas froid. J'ai rattrapé les quais, longé le fleuve qui coulait dans tous les sens qu'il voulait, mais pas dans les miens, je suis retourné vers le petit bar à jazz, fermé, les places, désertes, les réverbères, éteints.

J'ai erré comme ça tout le reste de l'après-midi, dans cette ville vidée par les fêtes et les cotillons de la nouvelle année, refaisant indéfiniment le chemin parcouru la veille, parfois courant pour être partout à la fois, parfois marchant avec d'infinies lenteurs, guettant chaque trace, cherchant des pistes, des indices accrochés aux portes closes, aux lucarnes muettes, j'ai interrogé les lampadaires. La nuit venue, je suis retourné au studio, j'ai tout rangé méticuleusement, j'ai repoussé le tiroir entrebâillé, il est resté en place cette fois, chaque geste interrompu pour un regard par la fenêtre. J'ai réalisé qu'elle ne connaissait sans doute pas le code de l'immeuble, je suis descendu quatre à quatre, j'ai voulu l'attendre dehors, j'ai vite eu froid, j'ai tenu bon une heure de plus et je suis rentré, collé derrière la porte vitrée puis je me suis assis. J'ai fermé une fois ou deux les yeux, c'était un réconfort qui chassait un peu mes angoisses et me détendait, trois fois… Et je me suis effondré.

– Faut pas rester là monsieur, c'est pas un endroit pour dormir.

Un vieil homme voûté, l'air pas tellement sévère, me tapotait l'épaule.

Je lui ai bafouillé que j'étais venu chez un ami et que je m'étais senti mal soudainement avant de sortir. Il a fait semblant de me croire et m'a poussé gentiment vers l'extérieur, puis il a rentré les poubelles, pendant que j'essayais de réaliser où j'étais, ce que je faisais, ce que j'attendais et ce que j'allais faire. Les lueurs des bougies s'éteignaient peu à peu, pourtant personne ne leur soufflait dessus.

J'ai encore cherché, il y avait du monde dans la rue maintenant, des silhouettes fatiguées à peine étonnées par mon visage maladif et mes questions insensées. Au bar, ils m'ont répondu que, oui, peut-être qu'ils avaient déjà vu une fille qui ressemblait à mon portrait, mais que de toute façon ils n'étaient pas là pour donner des renseignements sur la vie privée de leurs clients. J'ai demandé si c'était une habituée, mais le patron m'a aboyé que ça commençait à bien faire comme ça, mon enquête. Je me suis assis, j'ai pris un café, un autre, et puis un garçon assez jeune s'est penché sur mon oreille en me servant le troisième :

– Je vous ai remarqué l'autre soir avec elle, monsieur. Non, c'est pas une habituée, si vous y tenez, ne perdez pas votre temps, cherchez ailleurs...

Et puis il m'a fait un clin d'œil avec un air navré. Je lui ai demandé un autre café, quand il est revenu je lui ai tendu un bout de papier avec mon numéro de téléphone :

– Si vous la voyez...

Il a souri, mais il a eu l'air d'attendre quelque chose, alors j'ai payé mes quatre cafés avec un billet de cent et je suis sorti.

J'avais encore ce jour pour la retrouver, après il faudrait songer à retourner à la fac. J'essayais de me souvenir de ce qu'elle m'avait dit de sa vie professionnelle. Elle était dessinatrice ; j'ai fait toutes les boutiques où on pouvait vendre des crayons et du papier. Et puis on avait parlé de ses bottes ; j'ai cherché le modèle dans tous les magasins de chaussures. Qu'il y avait un petit jardin avec une glycine au pied de son immeuble ; alors j'ai sauté pour voir par-dessus toutes les grilles que je rencontrais sur mon chemin. Qu'elle aimait la cuisine chinoise ; alors j'ai interrogé tous les restaurants asiatiques.

À la nuit tombée, je suis retourné au studio, j'ai questionné le gardien et cette fois il m'a regardé avec un drôle d'air. Il n'avait vu personne qui corresponde à ma description et puis surtout il a insisté :

– Faut pas rester là, monsieur, vous pouvez pas dormir dans le hall...

Je suis ressorti, il y avait un banc sur le trottoir d'en face, sous un réverbère, je me suis assis. Il faisait de plus en plus froid, mais j'étais décidé à attendre. Vers minuit une camionnette du SAMU social a ralenti à ma hauteur et une fille enthousiaste est descendue :

– Ça va, monsieur, vous vous sentez bien, vous n'avez besoin de rien ?

Je l'ai regardée, j'avais l'impression qu'elle ne réalisait pas ce qui m'arrivait. Je n'ai pas répondu et elle a répété sa question en m'examinant bien sous le nez. J'ai baissé les yeux, elle m'a dit :

– Vous êtes en manque ?

Bien sûr que j'étais en manque, ça ne pouvait échapper à personne. Mais pas de ce qu'elle soupçonnait.

– Faut pas rester là monsieur, il va faire froid cette nuit, il vaut mieux rentrer chez vous, vous avez bien un endroit au chaud, non ?

Elle me parlait fort maintenant, je ne comprenais pas pourquoi. J'ai répondu, mais c'était inaudible :

– Oui, j'ai une chambre, bien sûr...

Elle a réfléchi un peu et puis elle m'a tendu un paquet de cigarettes en disant :

– Tenez, ça aide à surmonter les crises, mais rentrez chez vous, hein, tout s'arrange dans la vie, allez. Et demain, passez au centre, voilà l'adresse.

Elle m'a donné une tape sur la joue comme pour voir si je n'étais pas déjà mort et puis un radiotéléphone a grésillé à sa ceinture. Elle est remontée en répondant et la camionnette est repartie.

Je suis resté en essayant de réfléchir aux éléments qui me permettraient de retrouver Nathalie, mais je n'en avais pas beaucoup, juste son prénom, ses projets de vie, ses goûts culinaires, ses films préférés, les bouquins qu'elle adorait, ses dernières vacances, ses rêves d'adolescente, les prénoms qu'elle aimerait donner à ses enfants, sa date de naissance, l'âge de ses parents aussi, pourquoi elle avait cette petite cicatrice sous le menton, où elle avait appris à faire de la bicyclette, le jour de ses prochaines règles, le temps pour tricoter un pull, pourquoi elle croyait plus en Dieu, et une foule d'autres choses encore. Je me suis dit que pas deux filles sur terre correspondraient à ce signalement et ce n'était pas possible qu'il n'y ait pas quelque part un fichier informatique, à la police, à la CIA, où je pourrais l'identifier et la retrouver. Et puis j'ai pensé aux empreintes génétiques. J'étais sûr d'en avoir partout sur le corps de ses empreintes, qu'il fallait faire un prélèvement, une analyse, une recherche, des comparaisons et que c'était un moyen infaillible, alors je me suis repris à sourire et à retrouver espoir, je me suis mis à trembler de tout mon corps, je me suis levé...

Et j'ai compris que ça y était, que je devenais complètement dingue, que je débloquais totalement que j'allais définitivement m'écrouler de folie dans ce trou sans fond. J'ai senti les larmes qui m'envahissaient, non seulement les yeux, mais tout ce qui restait de vivant en moi, aussi.

J'ai été enveloppé par un courant d'air chaud. Sur le quai à quelques pas, on venait d'allumer un feu de vieux cartons et des planches. Je m'en suis approché. De là je pouvais encore surveiller la porte de l'immeuble. Un SDF à la mine joyeuse m'a invectivé :

– Tu veux te chauffer, paye un coup.

J'ai répondu que je n'avais rien à boire et je lui ai tendu

le paquet de cigarettes que je serrais encore dans ma main. Il a déclamé dans une révérence :

– Grand merci, monseigneur !

Il avait une moitié du visage bleu foncé, et l'autre orangé des flammes. Il a allumé une cigarette, me l'a tendue, j'ai hésité et je l'ai refusée. Alors, il a sorti une bouteille plate avec un liquide brun dedans, il a bu un coup et proposé le goulot. Cette fois j'ai accepté et la rasade que j'ai avalée m'a arraché la gorge puis l'estomac. J'avais oublié les quatre repas que j'avais sautés. Je lui ai rendu rapidement le flacon et je suis allé dégueuler de la bile verte et de la salive épaisse dans le fleuve. Il a rigolé, je me suis évanoui.

Les premiers rayons du soleil m'ont réveillé en douceur et je n'avais pas froid. Le clochard, sans doute, m'avait allongé sur un carton, avec un autre comme couverture, tout près du feu qui fumait encore. Lui, il ronflait puissamment sur le dos, sa bouteille vide entre ses doigts croisés, comme un chapelet dans les mains d'un gisant. Je me suis levé endolori, en regardant vers l'immeuble, j'ai tenté d'évaluer les chances qu'elle soit passée là pendant mon sommeil. J'ai compris qu'elles étaient nulles, alors je suis reparti à sa recherche. Au bar, à travers la vitrine, le garçon qui disposait des chaises m'a fait un signe que non et je ne suis pas rentré. À côté, une boulangerie ouvrait ses portes j'y ai acheté quatre croissants que j'ai commencé à dévorer dans la boutique avant même de payer. La caissière me regardait avec mépris.

J'ai encore déambulé quelques heures, puis j'ai pris un bus pour la fac. Tout le monde s'éloignait de moi. J'ai réalisé dans le gros miroir de surveillance que j'étais hirsute, la mine d'un drogué en manque et les vêtements fripés. J'ai senti aussi que je puais la fumée, l'alcool, le vomi et le mauvais rêve.

Chaque soir des semaines qui ont suivi, je suis redescendu errer en ville à sa recherche. Les commerçants du coin me connaissaient tous, je passais pour le cinglé du quartier, mais je n'étais pas méchant disaient-ils. En juin j'ai naturellement loupé tous mes examens, ce qui m'a valu de recommencer une année, après des vacances plus ou moins apaisantes chez ma mère. À la rentrée j'ai cessé de la chercher. J'avais perdu tous mes amis, ils avaient eu leur diplôme et se plaçaient maintenant dans le monde du travail. Seul celui du studio redoublait comme moi, un peu pour les mêmes raisons, enfin, presque. Il était tombé amoureux d'une fille pendant ses vacances au ski et ils avaient passé les deux derniers trimestres à se découvrir, à sortir, à profiter complètement de leurs jours et de leurs nuits, ce qui immanquablement l'avait conduit à sécher les cours. Mais il s'en foutait.

L'année s'est écoulée lentement, sans pause à la Saint-Sylvestre. J'étais devenu ce garçon pâle et taciturne qui semblait vivre perpétuellement dans ses songes. Cette fois-ci fut heureusement la bonne pour nos examens.

Début juillet, mon ami du studio m'a demandé un coup de main pour l'aider à déménager. Sa compagne était enceinte et ils avaient trouvé un appartement plus grand. Lui n'avait jamais beaucoup de problèmes d'argent. Mais le dimanche prévu, je suis arrivé très en retard sous des remontrances gentilles, mon réveil n'avait pas sonné. La moitié des meubles étaient déjà démontés. J'étais là à temps quand même pour le plus pénible, la descente sur sept étages et le périlleux transport de l'aquarium. On a tout mis dans une camionnette de location puis tout réaménagé dans leur nouveau foyer. Le soir ils m'ont gardé à dîner. Il y avait une bonne ambiance, j'avais envie de revivre, au milieu d'eux, j'avais presque définitivement oublié. Après le repas, mon ami a sorti deux gros cigares d'une boîte ramenée de Cuba, mais j'ai refusé.

— C'est vrai que tu ne fumes plus du tout, toi, et comme ça, d'un seul coup, net. Faudrait que j'arrête à cause du bébé, mais j'y arrive pas, comment t'as fait toi ?

Je me sentais bien, alors j'ai eu le courage de raconter cette histoire, pour exorciser, enfin presque toute l'histoire, jusqu'au matin dans le studio. Et mon ami s'esclaffait :

– T'es bien un malin toi, d'une pierre deux coups et dans mon lit en plus...

Et comme j'étais un peu euphorique de ces confessions, j'ai précisé le tendre souvenir des détails du pull, la Belle et le Clochard.

Et là, je n'aurais pas dû.

Mon ami, a froncé subitement les sourcils, il s'est levé d'un bond, a cherché fébrilement dans ses caisses de déménagement, en marmonnant :

– Attend, attend...

Je le regardais, intrigué, presque inquiet et il est revenu en disant :

– Y'avait ça de coincé sous le tiroir du lit quand je l'ai démonté ce matin, un foutu tiroir qui s'ouvre tout le temps. Je me demandais ce que ça y faisait ! Bien sûr c'est à toi... T'es un petit malin vraiment !

Et il m'a tendu un bout de carton. Sur une face, au crayon à papier, il y avait un dessin exécuté avec tendresse, la Belle et le Clochard se partageant les deux extrémités d'un même spaghetti. Et au dos, d'une écriture ronde et régulière il y avait :

J'ai passé un moment féerique avec toi, un moment dont j'avais infiniment besoin et que je n'oublierai jamais plus. J'ai vraiment l'envie de le prolonger par un petit bout, un grand bout de vie dans ton cœur, puisque tu es déjà certainement entièrement dans le mien. Voilà, mais il me semble aussi que pendant tout ce rêve j'ai pris trop souvent les devants et je me demande, malgré ce que tu m'as murmuré, si je ne t'ai pas forcé la main. Je sais que tu es quelqu'un de sensible et je ne veux pas te perturber en te posant la question directement. Je ne veux pas non plus être une one shot girl, j'ai déjà donné. Je ne pourrais pas supporter de te l'entendre dire, je ne t'en voudrais pas, mais je ne le pourrais pas. Je te laisse un peu de temps pour te ré-veiller, pour atterrir peut-être, pour réfléchir et pour me don-ner ta réponse. N'appelle que pour me dire oui. Si tu n'appelles pas, j'aurais compris et j'essayerais de m'habituer malgré mes sentiments.

Je crois que... je t'aime.

Tendrement. Nathalie.

Suivi d'un numéro de portable.

– Et puis, a rajouté mon ami en rigolant, j'ai essayé d'ap-peler, mais le numéro n'est plus attribué. T'es un malin, toi, un sacré malin... Ah, oui... Et maintenant je me souviens de cette fille étrange qui avait toqué à ma porte un soir de février, je crois... Elle avait juste dit « Excusez-moi, peut-être que je me suis trompé de vie ». Et puis elle avait disparu.

Table des matières

EQUIPE EDITORIALE

Sélection par le comité de lecture
Mise en page : Gaëlle Le Port
Correction : Héloïse Marquier

*

EQUIPE ARTISTIQUE

Design couverture : Gaëlle Le Port
Femme de dos : Annalise Batista

Impression à la demande
par MyBoD